Jenny – Mädchen sind schneller

Brinx/Kömmerling

Jenny

Mädchen sind schneller

Mit Bildern von Carola Holland

Thienemann

Jenny

Mein lieber Freund Finn hat keine Mutter. Nicht ganz, also er hat eine, aber die ist nicht da. Abgehauen, als er klein war. Einfach weg, ohne was zu hinterlassen, verschwunden, puff, Luft. Er kann sich nicht mehr an sie erinnern. Seine Mutter liegt im Dunklen. Ich glaube, das ist ziemlich schlimm für ihn, obwohl er es nicht zugibt und wir auch nie darüber reden. Dafür besuchen wir mindestens einmal in der Woche seine Omi im Seniorenheim Gute Aussicht *und die ist wirklich nicht schlecht, die Aussicht. Obwohl ich glaube, dass Omi das gar nicht so sieht. Sie ist ein bisschen verwirrt, liebt ihren Vogel Hansi und redet andauernd von ihrer Tochter Charlotte, Finns Mama. Deswegen nennt sie alle Charlottchen.*

Ich weiß nicht, ob es schlimmer ist, eine Tochter zu verlieren oder eine Mama, wirklich, ich kann mir das gar nicht vorstellen. Man muss doch eine Mama haben! Vielleicht ist Omi so was in der Art für Finn. Es geht ja, weil eine Oma auch immer eine Mama ist. Oder war!

Es liegt was in der Luft

Jenny blieb vor dem schmiedeeisernen Tor des Seniorenheims *Gute Aussicht* stehen, verschränkte die Arme vor der Brust und schaute Finn an. Er hatte den ganzen Weg lang nichts gesagt und seinen Doofhut tief ins Gesicht gezogen. »Was ist los?«

Finn zuckte mit den Schultern. »Nix.«

»Stimmt nicht!«

Er schob seinen Hut aus dem Gesicht und seufzte. »Ärger in der Schule.«

Jenny legte den Kopf schief und wartete. Es war klar, dass sie sich mit dieser kargen Information nicht zufriedengeben würde. Nicht Jenny. Die war so hartnäckig, dass bei ihrem Anblick allein der leise Gedanke an Widerstand zwecklos wurde.

»Ich hab die Wand und meinen Tisch mit Filzer vollgeschmiert.«

»Und dabei haben sie dich erwischt?«

Finn nickte. »Ich weiß echt nicht mehr, wie lange ich auf Feige eingeredet habe. Am Ende hat er mir zwei Wochen Zeit gegeben, das Problem zu lösen. Sonst ruft er meinen Vater an und der muss alles zahlen.«

Finns Vater verstand keinen Spaß. Und wenn Geld ins Spiel kam, erst recht nicht.

»Ich brauche Kohle, damit das einer wieder alles wegmachen kann. Einer, der was davon versteht!«

Jenny nickte nachdenklich und spielte mit ihren Ketten. Sie hatte sich gerade zwei neue zugelegt. Ein Lederband mit grüner, abgeschliffener Scherbe zum Durchgucken und einen Delfin aus Glas an der Waschbeckenstöpselkette. »Viel Kohle?«

»150 ungefähr.«

»Okay. Viel Kohle!« Jenny ging mit ihren federnden, großen Schritten zu Finn und legte den Arm um ihn. Sie war total verliebt in diesen Jungen mit dem komischen Hut. Bis über beide Ohren. Und wenn Jenny in jemanden verliebt war, dann konnte dem eigentlich nichts passieren. »Warte mal, da wird uns schon was einfallen!«

Finn lächelte sie schief an und legte seinen Arm um sie.

»Mir bis jetzt nicht!«

Arm in Arm schlenderten sie den Kiesweg entlang Richtung Omi.

»Was hast du denn da hingeschmiert?«

Finn grinste. »Sag ich nicht!«

Jenny riss ihm den Hut vom Kopf und rannte über die Wiese davon.

»Hey, du spinnst wohl! Gib den wieder her!« Finn spurtete los. Jenny war schnell, aber nicht so schnell wie Finn, wenn es um seinen Hut ging. Er packte sie von hinten. »Her mit dem Hut!«

»Was hast du geschmiert?« Jenny stopfte sich den Hut unters T-Shirt.

»Her damit!«

»Was?« Jenny konnte sich befreien, blieb in sicherer Entfernung von Finn stehen, holte den Hut hervor und hielt ihn in die Luft. »Was?«

Finn verdrehte die Augen gen Himmel. »Jenny und Finn. Und ein Herz drum rum.«

Jennys Gesicht wurde ernst. Feierlich setzte sie Finn den Hut auf den Kopf und legte ihre Arme um seinen Hals. »Und warum?«

Finn zuckte mit den Schultern und grinste. »Ging nicht anders.«

Schon in dem langen Gang, der zu Omis Zimmer führte, hörten Jenny und Finn die laute Musik, aber als sie die Tür öffneten, wären ihnen beinahe die Ohren weggeflogen. Omi hatte eine Platte mit alten Walzern aufgelegt und auf volle Lautstärke gedreht. Dazu tanzte sie mit ihrem Kissen im Arm im Zimmer herum. Ihre blasslila Haare standen in alle Richtungen ab, die Wangen waren gerötet und Hansi hüpfte aufgeregt in seinem Käfig herum und tschilpte Protest. Auf dem Tisch stand ein Strauß roter Rosen.

»Hallo, Omi!«, brüllte Jenny, aber die hörte nichts und Finn rannte zum Plattenspieler und drehte leiser. Omi blieb stehen, blinzelte und tauchte aus einer anderen Welt auf. »Oh!«, sagte sie nur und legte das Kissen vorsichtig zurück auf ihr Bett.

»Gibt es was zu feiern?« Finn gab ihr ein Küsschen und Jenny versuchte Hansi zu beruhigen.

»Ach, Charlottchen, wie schön, dass du mich besuchen kommst!« Omi strich Finn über den Kopf und ließ sich von ihm zum Sessel führen. Jenny holte Limo aus dem kleinen Kühlschrank und füllte drei Gläser. »Dir geht es gut, Omi, was?«

»Oh ja, Charlottchen, sehr!«

»Jenny, ich bin Jenny!«

Omi grinste, zwinkerte ihr zu und reichte Strickzeug herum. Vor einiger Zeit hatten sie beschlossen, alle zusammen eine riesige Decke aus einzelnen, bunten Streifen zu stricken. Nachmittage lang saßen sie zusammen und strickten und quatschten und erzählten sich alles. Und obwohl Finn darin sonst immer der Schnellste war, wollte der Faden heute nicht so flüssig laufen wie sonst.

Er kräuselte die Nase, schnupperte, schaute sich um. »Hast du Besuch gehabt?« Er zeigte auf die Rosen.

»Oh, was für schöne Blumen, das wäre aber nicht nötig gewesen!«

Finn schaute Jenny mit gerunzelter Stirn an.

»Vielleicht hat sie einen Verehrer?«, flüsterte die und dachte kurz darüber nach, wie das wohl sein musste, wenn man einen Liebhaber hatte, den man nach jedem Treffen wieder vergaß. Immer wenn man sich wiedersah, ging es von vorne los und höchstwahrscheinlich kam es so niemals zum ersten Kuss.

»Du hast eine neue Kette!« Omi nahm die mattgrüne Scherbe um Jennys Hals in ihre Finger und befühlte sie. »Wie ein Smaragd!«

»Ich habe ihn zwischen den Kieseln am See gefunden. Schau mal durch, aber du musst das andere Auge zukneifen.«

Omi beugte sich zu Jennys Hals hinunter, hielt sich ein Auge zu und linste gegen das Sonnenlicht durch die Scherbe.

»Ein echter Smaragd. Du bist ein Glückskind, Charlottchen!«

Finn gab es für heute auf, der Schnellste im Stricken zu sein, und lief nervös im Zimmer hin und her.

»Er hat ein Problem in der Schule. Seitdem ist er unausstehlich!«, raunte Jenny Omi zu, aber die winkte ab.

»Mach dir keine Sorgen. Wenn du heiratest, ist alles wieder gut. Mein Gott, was hat mein Franzl damals alles auf die Beine gestellt, wenn Charlottchen was ausgefressen hatte. Wo ist er eigentlich?«

Finn starrte aus dem Fenster in die Wolken. »Da oben, Omi, dein Franz ist doch schon lange tot!«

Omi nickte, während Jenny ernsthaft über ihren Lösungsvorschlag nachdachte. »Vielleicht sollten wir heiraten, Finn, dann ist alles wieder gut!«

Finn drehte sich zu ihr um und kratzte sich am Hut.

»Wir machen eine riesige Hochzeitsfeier und laden den Feige dazu ein. Und weil es lauter leckere Häppchen gibt und viel Wein, vergisst er, was er deinem Vater eigentlich sagen wollte. Zack, Problem gelöst!«

Finn musste grinsen. »Trotzdem, dann müssen wir das Geld für den Wein und die Häppchen auftreiben und brauchen immer noch eine Idee!«

Jenny zog die Augenbrauen hoch, streckte ihr Näschen in die Luft und tat eingeschnappt. »Pah, du weißt doch, die Feier zahlt der Brautvater!«

»Na, der wird sich bedanken!«

Omi kicherte. »Charlottchen hat einmal ihre ganze Schule vollgeschmiert. Das war teuer!«

Finn starrte sie an. »Wirklich?«

Omi nickte. »Sie hatte immer solche Ideen! Verrücktes Huhn!«

An der Wand hing ein Foto von Finns Mutter, als sie noch jung war, strahlend und lebendig. Jenny konnte sich gut vorstellen, dass sie jede Menge Ideen gehabt hatte. Aber warum war sie dann gegangen und hatte ihren Mann mit Finn und seinen zwei älteren Brüdern zurückgelassen? Finn sah ihr sehr ähnlich und hatte absolut nichts gemein mit seinem grobschlächtigen, griesgrämigen Vater und den zwei Machobrüdern mit Männermuskeln. »Und?«, wollte sie von Omi wissen. »Hatte sie dann wochenlang Hausarrest bei trocken Brot und Fernsehverbot?«

Omi schaute verwundert von ihrem Strickzeug auf. »Wer, Charlottchen, von wem sprichst du?«

Finn zog die Nase hoch, schob sich seinen Hut ins Gesicht und legte Omi von hinten beide Arme um. »Wir müssen los. Tanz schön weiter, das sah wirklich gut aus!«

Auf dem Weg nach Hause trat Finn dermaßen in die Pedale, dass Jenny kaum hinterherkam. Deswegen konnte er auch nicht sehen, was sie Sensationelles an einem Bauzaun entdeckte: *Großes Seifenkistenrennen!* Blablabla und dann: *Dem Sieger winkt ein Preisgeld von 155,55 €!*

»Warte mal, hey, bleib doch mal stehen!« Jenny verdrehte die Augen, weil Finn sie nicht hörte oder einfach nicht anhalten wollte, also raste sie ihm hinterher, überholte und stellte sich ihm in den Weg. »Stopp!«

Finn konnte gerade noch bremsen. »Spinnst du?«

»Da hing die Idee! Da hinten am Bauzaun, Mann!«

Finn drehte sich kurz um, war aber viel zu weit weg. »Hast du das gerochen?«

»Was?«

»Diesen Duft in Omis Zimmer, diesen Geruch!«

»Meinst du die Rosen?«

Finn schüttelte jetzt energisch den Kopf. »Nein, nicht den. Es roch nach … ich weiß es gar nicht … es roch wie …!«

Jenny wartete, aber Finn konnte es nicht beschreiben und sie erinnerte sich an keinen besonderen Geruch. Aber es war Finn anzusehen, dass ihn etwas ziemlich aus der Bahn geworfen hatte. Langsam fuhren sie weiter und Jenny hatte das Gefühl, dass es nicht der richtige Zeitpunkt war, ihm von den Seifenkisten zu erzählen. Also versuchte sie lieber den Mund zu halten, obwohl es kaum etwas gab, was ihr schwerer fiel.

Kurz vor der Toreinfahrt mit dem Schild *Fröbes Bau* blieb Finn stehen und starrte auf den Betrieb seines Vaters, vielmehr auf eine Frau, die an ihrem Auto stand und ebenfalls das Schild anschaute. Sie wandte ihnen den Rücken zu.

»Finn?«

»Psst.«

»Wer ist das?« Jenny beschlich ein ungutes Gefühl. Die

Luft war zum Zerschneiden und Finn schien damit aufgehört zu haben sie einzuatmen.

»Es roch wie … meine Mutter!«

Die Frau stieg in ihren Wagen und fuhr davon.

Finn

Irgendwie bin ich ein bisschen durchgeknallt seit der Sache mit der Schule. »Sockenschuss«, würde Jenny sagen. Als würde meine Mutter nach zehn Jahren plötzlich einfach auftauchen. Und wenn, dann würde sie sich doch melden, oder? Warum bilde ich mir plötzlich so was ein? Vielleicht denke ich irgendwo in mir drin, einer Mutter könnte man so was erzählen wie die Sache mit der Kohle. Eine Mutter würde das verstehen. Vor allem, wenn es stimmt, was Omi erzählt hat, und sie irgendwann den gleichen Quatsch gemacht hat. Aber weiß ich doch nicht. Ich habe keine Ahnung, wie es ist, eine Mutter zu haben, und ich weiß auch nicht, warum meine damals einfach verschwunden ist. Papa will nicht darüber reden und Omi sagt jedes Mal was anderes.

Vielleicht wegen mir? Vielleicht waren ihr drei Jungs zu viel! Aber dann hätte sie mich doch lieber in ein Heim gesteckt und wäre bei Papa geblieben. Dann müsste der jetzt nicht im-

mer so mürrisch sein. Aber im Heim hätte ich Jenny nicht kennengelernt. Blödsinn alles, ich höre lieber wieder auf, an sie zu denken. Habe ich die letzten zehn Jahre ja auch ganz gut geschafft. Meistens jedenfalls.

Zack, ist es rosa

Auf dem Weg zur Hütte erzählte Jenny ihren Freundinnen Jana und Zora von Finns Problemen. »Das mit der Kohle kriegen wir hin, wir holen uns schnell das Plakat und dann werden wir das den Jungs so erklären, dass sogar sie es verstehen.«

»Was für ein Plakat?«, fragten Jana und Zora im Chor. Sie waren Zwillinge und wenn sie nicht alles gleichzeitig sagten, dann stellten sie Jennys Ideen infrage, indem sie einerseits Zweifel anmeldeten und diese andererseits wieder verwarfen.

»Aber das mit der Mutter war schon echt komisch.« Jenny bremste vor dem Bauzaun und schaute sich um. Die Straße war wie leer gefegt. »Haltet die Augen offen!«

Jana beobachtete fassungslos, wie Jenny mal eben am helllichten Tag das Plakat vom Zaun riss, und wenigstens

Zora schaute links und rechts, um sie rechtzeitig zu warnen, falls jemand kam.

»Hör mal, Jenny, ich glaube, das ist verboten!«, flüsterte Jana.

»Andererseits brauchen wir wahrscheinlich die Informationen!«, warf Zora ein.

Jenny rollte das Plakat zusammen, klemmte es auf ihren Gepäckträger und startete durch. »Nichts wie weg!«

»Von diesem Fleck!«

»Oh Schreck!«

Das war eine alte Angewohnheit von den dreien. Einer sagte was und die anderen mussten darauf reimen.

Obwohl die Zwillinge Jenny die ganze Fahrt löcherten, »was steht auf dem Plakat?«, »was hast du vor?«, »erster Buchstabe wenigstens!«, kam kein Sterbenswörtchen über ihre Lippen. Beim Brachland, auf dem die geheime Hütte der Jungs stand, ließ sie ihr Fahrrad fallen, steckte sich das Plakat wie ein Schwert in den Gürtel und ging mit ihren großen, federnden Schritten und klimpernden Ketten voraus. »Die sind bestimmt schon alle versammelt und hauen sich vor lauter Langeweile Stöcke um die Ohren!«

Tatsächlich fühlten sich der dicke Max und Orhan mit den dunklen Augen gerade wie zwei Musketiere und trugen mit spitzen Stangen den Fechtkampf ihres Lebens vor der Hütte aus. Als sie die Mädchen kommen sahen, gaben sie auf, verbeugten sich und taten so, als würden sie die Hüte mit den großen Federn vor ihnen ziehen. »Willkommen in unserer bescheidenen Hütte!«

Jenny salutierte und zog das Plakatschwert. »Kommt mit, ich habe was zu sagen!«

»Wen wundert's?«, seufzte Orhan und alle versammelten sich bei Finn und Sebi in der Hütte. Die besprachen gerade eine wilde Zeichnung, mit der Sebi eine Zweithütte für die Damen geplant hatte.

»Gut, dass ihr kommt!«, meinte er und blinzelte sie durch seine runde Brille an. »Wir wollen noch so ein Ding bauen.«

Jenny entrollte ihr Plakat und hängte es über Sebis Plan. »Später!«

Dann pflanzte sie sich im Schneidersitz in die Runde, Jana links und Zora rechts. Finn zwinkerte ihr zu und verschränkte die Arme. Alle studierten das Plakat. »Seifenkistenrennen ... 155,55 Euro ..., ich denke, das erklärt sich von selbst. Finn braucht Geld und wir werden es besorgen. Als Erstes bauen wir einen Superflitzer, dann machen wir mit, gewinnen und kassieren. Fertig!«

Jana schnappte nach Luft. »Einerseits keine schlechte Idee, aber wie sollen wir so ein Ding bauen?«

»Andererseits kann man das vielleicht rauskriegen?«, hielt Zora dagegen. Während die Zwillinge noch zweifelten, klatschten die Jungs sich ab.

»Wow, super Idee!«

»Nichts leichter als das!«

»Hey, wir bauen den vollen Knaller, Düsenantrieb mindestens!«

Finn schaute in die Runde. »Und wenn wir gewinnen, gebt ihr mir das Geld? Einfach so?«

»Nee, wir packen es in rosa Papier und machen eine Schleife drum!«, grinste Jenny. Die anderen nickten und waren sich einig wie selten.

»Na ja, und wenn wir nicht gewinnen?« Jana zog die Nase nach links oben.

»Daran besteht kein Zweifel. Immerhin bin ich der Fahrer!« Orhan strahlte Jana an und schlug sich gegen die Brust.

»Wieso du?«, wollte Max wissen.

»Weil du nicht in die Kiste passt, außer wir bauen ein XXL-Modell.«

»Bleiben noch Finn, Sebi, Jana, Zora und ich!«, gab Jenny zu bedenken.

»Ich will nicht!« Jana war nicht besonders mutig. Dafür sehr belesen, und das war manchmal auch nicht ganz unwichtig.

Orhan wandte sich an Sebi und Finn. »Okay, Jungs, wir knobeln!«

Jenny wedelte ihm mit der Hand vor dem Gesicht herum. »Hallo? Wir sind auch noch da.«

Sebi verdrehte die Augen und schüttelte den Kopf. »Jetzt mal ehrlich, Jenny. Die Idee war super, aber das ist Männersache. Was versteht ihr Mädchen denn von Autos?«

»Frau am Steuer – Ungeheuer!«, blökte Orhan.

»Aber was spricht eigentlich gegen eine XXL-Version?« Max war beleidigt und Jenny wurde knallrot. Wenn sie etwas nicht leiden konnte, dann waren es erstens Jungs, die sich für Männer hielten, und zweitens Männer, die behaupteten, irgendetwas besser zu können.

»Passt mal auf. Es war meine Idee, also fahre entweder ich oder höchstens noch Finn, weil der die Kohle braucht!«

»Findet ihr nicht, wir sollten erst mal das Auto bauen?« Janas Einwand war nicht ganz unberechtigt, aber Jenny war wütend und dann wie immer nicht zu bremsen. »Und was soll das heißen, Autos sind Männersache? Jana, Zora, seht ihr hier irgendwo Männer?«

Die Zwillinge grinsten und schüttelten die Köpfe im Duett, dass ihre roten Locken flogen.

»Hey, jetzt macht doch da kein Ding draus. Gemeinsam sind wir stark, oder?« Finn versuchte schwach, das Ruder noch einmal rumzureißen, aber die Kiste war schon zu sehr in Fahrt geraten.

Macho Orhan stemmte die Fäuste in die Seiten und schüttelte den Kopf. »Du willst doch nicht allen Ernstes mit den Mädchen zusammen ein Auto bauen! Und sie dann auch noch damit fahren lassen.«

Sebi blies ins selbe Horn: »Zack, ist es rosa und vorne am Lenker stecken frische Blumen, die leider alle abknicken, wenn die Fahrerin den Karren an die Wand fährt.«

Jenny sprang auf und schnappte sich das Plakat. Ihre blonden Haare standen in alle Richtungen ab und sie sah aus, als hätte sie soeben einen elektrischen Schlag bekommen. Denen würde sie es zeigen! »Jana, Zora, kommt, wir gehen!«

Finn hielt sie an der Tür auf. »Jenny, das sind doch nur Sprüche!«

Sie drehte sich zu ihm um. »Vielleicht, aber die will ich nicht hören. Wir bauen unser eigenes Auto und das werdet ihr nur von hinten sehen. Männer!«

Jenny stapfte mit Jana und Zora davon. »Habt ihr so was schon mal gehört? Und ich dachte, die wären irgendwie lernfähig. Erbsenhirne.«

»Nix hinter der Stirne!«

»Lose Birne!«

»Also Mädels, das gehen wir jetzt an.«

»Weißt du denn, wie so was geht?« Jana hatte Bedenken.

»Es wird ja wohl kein Problem sein rauszukriegen, wie man so eine popelige Seifenkiste baut.«

»Eben. Popelig sollte sie vielleicht nicht sein!«, wandte Zora ein.

Jenny studierte das Plakat und klemmte es dann wieder auf ihren Gepäckträger. »Also, man muss sich bei der Stadt anmelden. Das machen wir jetzt und dann haben wir schon die halbe Miete.«

In der Stadtverwaltung war alles grau, auch der Mann, der hinter einem Schreibtisch lümmelte, sich aber sofort gerade hinsetzte, als Jenny auf ihn zugestürmt kam. Sie zeigte auf das Seifenkistenplakat hinter ihm. »Wir wollen uns anmelden!«

»Guten Tag erst mal, junge Dame!«, murrte der Beamte und »Guten Tag, guten Tag, guten Tag!«, schallte es ihm von den Mädchen entgegen. Der Mann holte ein Formular aus seinem Schreibtisch und füllte es nach Jennys Angaben aus. Dann zeigte er mit seinem Kuli auf die drei. »Nur Mädchen?«

Jenny lief sofort wieder rot an. »Spricht irgendwas dagegen?«

Der Beamte schüttelte schnell den Kopf. »Ich sag ja gar nichts. Hier müsst ihr unterschreiben.«

Jenny pfefferte ihre Unterschrift hin. Sie war so groß, dass Jana und Zora nur noch ganz winzig daneben kritzeln konnten und der untere Teil der Teilnahmebedingungen nicht mehr zu lesen war. Der Beamte schüttelte unwirsch den Kopf, gab Jenny einen Durchschlag und jede Menge Infomaterial.

»Wie baue ich eine Seifenkiste!«, las Jenny den Zwillingen draußen vor. »Na also!«

Sieg

»Hey, das sind aber ziemlich harte Vorschriften!« Jenny saß auf ihrem Hochbett, baumelte mit den Füßen und streichelte Finn, ihren Kater, der sich auf ihrem Schoß zusammengerollt hatte. Sie blätterte in dem Infomaterial zum Rennen und schüttelte den Kopf.

Jana und Zora hatten es sich unten bequem gemacht und bekamen die von Jenny gelesenen Seiten zur Prüfung runtergereicht.

»Länge, Breite, Material, Lenker, puh, das schaffen wir nie!« Jana raufte sich die roten Haare.

»Warum nicht?«, wollte Jenny wissen. »Hier steht doch alles genau drin. Wir besorgen das Holz, die Räder und das ganze Trallala und schon kann es losgehen. Hey, habe ich euch schon gesagt, dass Kater Finn einen neuen Namen hat?«

Jenny taufte ihren Kater dauernd um, je nachdem, was

gerade anstand. »Er heißt jetzt Sieg!« Sie strahlte, Sieg schnurrte, ihm war's egal, Hauptsache Streicheleinheiten, und Zora musste grinsen.

»Auf jeden Fall malen wir die Kiste rosa an. Extra!«

»Einerseits eine gute Idee, aber dann müssen wir auch gewinnen.«

Jenny sprang von ihrem Bett, ging mit großen Schritten zu Jana und hielt ihr die Augen zu. »Was siehst du?«

»Nichts.«

»Okay und genau das steht zwischen uns und dem Sieg!«

»Andererseits haben wir nicht viel Zeit!«, warf Zora ein.

Jenny rieb sich die Hände und beachtete sie gar nicht. Sie packte ihr riesiges Sparschwein aus Porzellan, hielt es sich über den Kopf und ließ es mit einem lauten Knall auf den Boden fallen. Es zersprang in tausend Teile. Sieg raste in die Höhle unterm Hochbett in Deckung und Jana hielt sich den Mund zu, um nicht loszukreischen. Jennys Zimmertür wurde aufgerissen.

»Was ist denn hier los?« Ihr Vater. Frisch von der Arbeit eingetroffen, hatte ihn beinahe ein Hörsturz ereilt und er musste unbedingt nachsehen, was seine Tochter wieder hinter verschlossener Tür ausheckte. Da stand sie zwischen Scherben und Unmengen von Geldstücken, die sie seit Jahren angespart hatte, und strahlte ihn an.

»Wir bauen eine Seifenkiste und dafür brauchen wir Geld!«

»Ihr baut eine Seifenkiste?«

Die Mädchen nickten.

»Ihr baut eine Seifenkiste?«

Jenny legte die Stirn in Falten, balancierte vorsichtig über die Scherben und durch das Geld zu ihrem Vater und schaute ihm tief in die Augen. »Stimmt was nicht mit dir? Wir bauen eine Seifenkiste und wenn du das jetzt noch mal fragst, müssen wir leider den Arzt rufen!«

Auf seinem Gesicht breitete sich das große Papagrinsen aus. »Nicht nötig, mein Goldstück, nicht nötig. Ich bin nur so begeistert. Wisst ihr eigentlich, was ich mein ganzes Leben lang gemacht habe?«

Jenny dachte nach, während er sich auf ihren Schreibtischstuhl pflanzte.

»Also, du hast Mama geheiratet, gearbeitet und manchmal bist du joggen gegangen, aber nur manchmal!«

»Und Bananenshakes gemacht, die besten Bananenshakes der Welt!«, fiel Jana noch ein.

Jennys Papa pustete in eines von Jennys vielen Mobiles, die von der Decke hingen und flirrten und klingelten.

»Ich habe Seifenkisten gebaut!«

»Was?«

»Im Spaß?«

»Krass!«

Die Mädchen konnten es nicht fassen.

»Das hast du aber ziemlich heimlich gemacht!« Jenny verschränkte die Arme vor der Brust. »Weiß Mama das?«

Ihr Vater winkte ab. »Ist schon was her, aber Mädels, ich sage euch, das kann ich aus dem Effeff, das mach ich euch, da bauen wir den Superschlitten. Ha, ich weiß noch, damals mit Udo, boh, wir waren angemeldet zur offiziellen Deutschen Seifenkistenmeisterschaft. Udo war an dem Tag nicht so fit, leichte Erkältung, Gesamtkonstitution mangelhaft ...!«

»Papa!« Jenny musste ihren Vater leider aus seinen Träumen holen. »Tut mir leid, aber wir bauen unsere Kiste selbst!«

Jana wollte Einspruch erheben, gerade war ihr noch ein riesiger Stein vom Herzen gefallen, aber Zora hielt sie zurück. Das war eine Sache zwischen Jenny und ihrem Vater. Der schaute seine Tochter ziemlich entgeistert an. »Wie bitte? Das könnt ihr doch gar nicht. Also, ich meine, ihr seid ... ihr habt doch noch nie eine Säge oder so in der Hand gehabt! Weißt du eigentlich, wie kompliziert das ist mit der Lenkung? Und die ganzen Materialien, die sind ...!«

»Papa, wir bauen sie selber.«

Jennys Vater schluckte. Dann stand er auf und ging ein bisschen beleidigt aus dem Zimmer. Es hatte keinen Sinn zu versuchen Jenny umzustimmen, das war ihm bekannt. In der Tür drehte er sich noch einmal um. »Aber wenn ihr irgendwelche Fragen habt …!«

Jenny grinste und warf ihm einen Flugkuss zu. »Dann fragen wir dich!« Sie fing an, die Geldstücke aufzusammeln. »Jana, mach eine Liste, was wir alles brauchen!«

Während die sich über die Papiere beugte, half Zora Jenny. Sogar Sieg traute sich wieder aus der Höhle unter dem Hochbett und fegte kleine Scherben über den Boden. Plötzlich ging die Zimmertür auf, ganz langsam, mit dem typischen Knarzen und ohne Klopfen, obwohl Jenny die Erlaubnisuhr draußen auf *Gefälligst anklopfen* gestellt hatte. Ein grün-glibberiger Monsterkopf schaute herein. Es war Amadi, Jennys älterer Bruder, der gerade eine Horrorphase durchlebte und ständig mit neuen Schauermasken durch die Gegend lief.

»Buh!«, machte er und hatte wohl gehofft, drei kreischende Mädchen anzutreffen.

Pustekuchen. Jenny schaute nicht mal hin. »Können Monster nicht lesen, oder was? Anklopfen!«

Amadi schob die Maske auf seinen Kopf und machte ein ziemlich enttäuschtes Großer-Bruder-Gesicht. Sein richtiger und ziemlich verhasster Name war Wolfgang Amadeus, nach Mozart, den ihre Mutter über alles verehrte, und er wollte wissen, ob es stimmte, was der Vater im Wohnzimmer berichtet hatte. »Ihr baut eine Seifenkiste?«

Jenny kippte ihre Schachtel mit den Steinen aus und füllte das gesammelte Geld hinein. »Ich frage mich wirklich, was daran so besonders ist. Du läufst als Monster rum und wir bauen eine Seifenkiste. Und?«

Amadi zuckte mit den Schultern und zog die Maske wieder runter. »Wollt's ja nur wissen, damit ich dabei sein kann, wenn ihr euch blamiert. Ich nehme an, du fährst, Schwesterherz?«

Jenny warf Zora einen kurzen Blick zu. Die nickte und da nickte sie auch. Amadi schlug sich auf die Schenkel und verließ *Huhu* rufend, mit den Armen wedelnd und ohne die Tür zuzumachen das Zimmer.

»Idiot!« Jenny setzte sich mit Zora auf den Boden und sie bauten riesige Stapel aus den Geldstücken, um sie zu zählen, während Jana alles auflistete.

»Hör mal, du hast da vorhin irgendwas von Finns Mutter gesagt«, fragte Zora dazwischen. »Hat er was von ihr gehört? Ich finde, er war seltsam heute. So, als hätte ihm jemand die Luft rausgelassen.«

Jenny nickte. »Ziemlich bescheuert sogar. Der hätte den Jungs echt mal sagen können, dass sie Mist reden.«

»Einerseits richtig.« Jana schaute von ihren Papieren auf. »Aber wenn da was mit seiner Mutter ist, dann war er vielleicht mit den Gedanken woanders.«

»Andererseits, ist denn was mit seiner Mutter?«

Es klingelte an der Wohnungstür, das Huhumonster

öffnete mit lautem Geschrei und die Mädchen hörten Finns Stimme: »Hallo, Amadi, ist Jenny da?«

Jana kramte die Unterlagen zusammen, »ich mach oben weiter«, und Zora kritzelte die Zwischensumme des gezählten Geldes auf einen Zettel. »Bis nachher!«

Jenny grinste ihre allerbesten Freundinnen an. »Auf jeden Fall. Wir sollten heute noch einkaufen gehen!«

»Hallo, Finn!«, sagten die Zwillinge im Chor und waren weg.

Jenny stapelte das Geld ordentlich zurück in die Kiste.

»Bist du sauer?« Finn lehnte, die Hände tief in den Hosentaschen, in der Tür und versuchte zu lächeln.

Jenny winkte ihn herein. »Mach die Tür zu, das eklige Schleimmonster, was mein Bruder ist, muss ja nicht alles mitkriegen.«

Finn gehorchte und setzte sich Jenny gegenüber auf den Boden. Sofort kam Sieg zu ihm auf den Schoß.

»Er heißt jetzt Sieg!«

Finn nickte. Eigentlich klar. »Kommt ihr voran?«

»Yep. Und ihr?«

Er zuckte mit den Schultern. »Ist doch Blödsinn, zwei Autos zu bauen!«

Jenny schaute ihm in die Augen und schüttelte den Kopf. »Geht leider nicht anders. Ihr habt eben immer noch nichts geschnallt. Dabei habe ich gedacht, du ...!«

»Tut mir leid. Ich bin irgendwie ... weiß auch nicht.«

»Sockenschuss?« Jenny schenkte Finn einen ihrer lieben Blicke, weil sie ihm sowieso nicht böse sein konnte. Er nickte und schaute lieb zurück.

»Denkst du an deine Mutter?«

Finns Augen verdunkelten sich. »Nein. Wieso sollte ich?«

Jenny konnte es nicht fassen. Was war denn mit dem los? »Vielleicht, weil sie bei Omi und vor eurem Haus war. Weil du sie gerochen und gesehen hast.«

»Hab ich nicht!« Finn stand auf, zog sich den Doofhut tief ins Gesicht und ging ans Fenster.

»Hey, aber sie könnte es doch gewesen sein.«

Finn schüttelte den Kopf und Jenny ging zu ihm und zerrte eine Hand aus seiner Hosentasche, um sie festzuhalten.

»Es wäre doch möglich. Wir könnten ein bisschen nachforschen, ich meine, wenn wir wollen, dann finden wir sie auch, ich helfe dir.«

Finn drehte sich zu Jenny um und funkelte sie an. »Jenny, lass es. Das war nicht meine Mutter und ich will sie auch nicht finden. Sie ist gegangen und nie mehr zurückgekommen. Also wird sie es auch nicht anders wollen.«

Jenny hatte das untrügliche Gefühl, dass sie am besten den Mund halten sollte, aber das war nun mal nicht ihre Stärke, und es war klar, dass Finn versuchte, sich was einzureden, weil er Angst hatte. Trotzdem würde er sein Leben lang an seine Mutter denken. Das war eine Wolke, die über ihm hing und dringend verschwinden musste. Davon war Jenny überzeugt. »Sie will es anders, sonst wäre sie nicht zurückgekommen.«

»Sie war es nicht!«

Jenny zog die Nase hoch. »Meine Mutter riecht nach Holunder mit Zitrone. Und deine?«

»Ich habe, verdammt noch mal, keine Ahnung!«

»Finn!«

»Jenny, lass es!« Sein Handy klingelte, Orhan hatte Holz für die Seifenkiste angeschleppt und rief zur Arbeit. »Ich muss los!« Er drückte Jennys Hand und verschwand, so schnell er konnte.

Aktionen des Tages

»Das glaube ich ihm eben nicht. Es war seine Mutter, und das weiß er genauso gut wie ich.«

Jenny und die Zwillinge waren auf dem Weg zum Brachland. Sie zogen einen voll beladenen Bollerwagen hinter sich her, in dem sich aller möglicher Schrott angesammelt hatte: ein altes Autolenkrad und verschieden große Räder, ein Duschschlauch, von dem Jenny noch nicht wusste, wofür er gut sein konnte, Schrauben, Bretter, Farbeimer und Werkzeug und, und, und.

»Aber wenn er nicht will?« Jana wusste, dass es in Jenny brodelte, und das war immer sehr gefährlich. Dann brütete sie einen Plan aus, von dem sie keiner mehr abbringen konnte und für dessen Ausführung sie meistens auch die Hilfe ihrer beiden Freundinnen brauchte. Wenn Jenny einen Plan hatte, hingen Jana und Zora mit drin.

»Er hat nur Angst!« Jenny hob den Bollerwagen ächzend eine Bordsteinkante hoch. »Seine Mutter wollte ihn sehen und dann hat sie sich irgendwie nicht getraut.«

»Andererseits wäre es ziemlich peinlich, wenn sie es nicht war und du sie jetzt aufstöberst.« Zora schob von hinten.

Zum Glück war das Brachland, auf dem die Hütte der Jungs stand, in Sicht. Sie hatten beschlossen, ihre Seifenkiste dort zu bauen, erstens, weil ihnen kein anderer Ort eingefallen war, und zweitens, um die Fortschritte der Jungs im Blick zu haben.

Jenny blieb stehen, verschränkte die Arme und schaute ihren Freundinnen tief in die Augen. »Seid ihr dabei oder nicht?«

Jana und Zora zogen die Nase links hoch und nickten.

Die Jungs waren voll in Aktion und hatten den Körper ihrer Seifenkiste schon einigermaßen zusammengenagelt.

»Hey, was wollt ihr denn hier?«, brüllte der dicke Max.

»Feind in Sicht! Törö!«, tönte Orhan und Sebi rollte eilig ihre Planzeichnung zusammen.

»Jetzt seid doch nicht so bescheuert!«, maulte Finn sie an und lächelte zu Jenny rüber, die sich von dem Jungsgeblase in keinster Weise irritieren ließ.

»Wir bauen hier unser Auto. Und Feinde sind wir noch

lange nicht. Denkt dran, wir kämpfen hier für die gleiche Sache, alle für einen.«

»Will ich meinen!«

»Nicht nur scheinen!«

Die Jungs gaben Ruhe und kamen rüber, um den Inhalt des Bollerwagens zu begutachten.

»Nicht schlecht, das sieht wirklich nach dem Megageschoss aus!«, lästerte Sebi.

Jenny schnalzte mit der Zunge und schob ihn weg. »Davon verstehst du nichts. Also, Mücke machen!«

Die Mädchen luden ihr Material ab und Jana kritzelte Häkchen auf ihre Besorgungsliste, um zu überprüfen, ob auch alles da war.

»Kann es losgehen?« Jenny faltete Zoras Zeichnung auseinander, studierte sie mit gerunzelter Stirn und die Jungs machten sich wieder an ihre eigene Kiste. Zora erklärte genau, wie sie alles gemeint hatte – sie war ziemlich gut in Mathe und Strategien machen und so –, und Jenny schnappte sich die ersten zwei Bretter. »Gut, dann fangen wir mit dem Körper an! Habt ihr schon gewusst, dass ich Weltmeisterin im Nägelreinschlagen bin?«, fragte sie und bewies es auf der Stelle.

»Hey, Jana, willst du mal sehen, wie weit wir schon sind?«, rief Orhan rüber und Jana wurde knallrot.

»Wir haben zu tun!«, antwortete Zora für sie und stieß Jana in die Seite. »Was ist los? Bist du verknallt?«

Jana war restlos empört. »Bist du verrückt? In Orhan?«

Jenny hörte auf zu hämmern und schaute Jana mit gerunzelter Stirn an. »In jedem steckt ein guter Kern!«, grinste sie und Jana warf ein Blechteil nach ihr.

»Lasst mich in Ruhe. Kann ich doch nichts dafür, wenn der mich ruft!«

»Der schaut dich auch schon immer so komisch an!«, stichelte Zora weiter. »Hast du's auch gesehen, Jenny?«

Jenny nickte.

Jana schaute von ihr zu Zora und wieder zurück. »Ihr spinnt doch. Außerdem haben wir ja wohl genug anderes zu tun, als uns um Orhans Blickrichtung zu kümmern.«

»Sososo!«

»Aha, oho!«

»Griff ins Klo!«

Am späten Nachmittag stand ein windschiefer Kasten auf vier verschiedenen Rädern vor den Mädchen und war ihr ganzer Stolz.

Jenny wischte sich die Hände an ihrem Minirock ab. »Okay, man kann sagen, den Grundstein haben wir gelegt. Jetzt kommt Aktion des Tages Nummer zwei.« Sie beugte sich verschwörerisch zu Jana und Zora vor. »Finns Mama finden!«

Sie winkte ihrem Doofhut zum Abschied, ignorierte

das Gegröle der anderen, als sie das Werk der Mädchen in Augenschein nahmen, und machte sich mit Jana und Zora zusammen auf zur *Guten Aussicht*.

Finns Omi saß im Park vor der Anlage und löste Kreuzworträtsel. Das konnte sie besser als alle anderen, als wäre ihr Verstand scharf und sie hätte alle Sinne beisammen.

»Hallo, Omi. Guck mal, das sind Jana und Zora, meine Freundinnen!«

Omi riss verwundert die Augen auf. »Aber Charlottchen, die sehen ja genau gleich aus!«

»Wir sind Zwillinge!«, erklärte Jana und reichte Omi ihre Hand. Sie nahm sie, grinste und ließ sie nicht mehr los.

Jenny setzte sich neben Omi auf die Bank und drehte ihren Kopf zu sich, damit sie sie ansah. »Schau mal, Omi, ich bin Jenny, Finns Freundin. Erkennst du mich?«

»Aber natürlich, Kindchen, warum sollte ich dich nicht erkennen?« Omi nahm jetzt auch Zoras Hand und studierte die Handlinien der beiden.

»Also, dann kannst du mir doch vielleicht eine Frage beantworten.«

Omi legte Janas Hand in Zoras und ihre beiden faltigen darüber. »Ihr werdet ein schönes Leben haben, ihr zwei Gleichen.«

»Omi!« Jenny ließ nicht locker. »Hat dich Charlotte besucht? War sie hier bei dir und hat dir die schönen Blumen geschenkt?«

Omi schaute Jenny entgeistert an. »Aber natürlich, Charlottchen, das weißt du doch, du kommst mich doch jede Woche besuchen.« Sie tätschelte Jennys Wange. »Wirst wohl jetzt auch schon ein bisschen vergesslich, was?« Und zwinkerte ihr zu. »Mein Franzl hat immer gesagt, man kann nicht früh genug damit anfangen. Wo steckt der eigentlich schon wieder?«

Jenny seufzte und die Zwillinge zogen die Nasen links hoch. Da war nun wirklich nichts zu erfahren. Sie ließen sich noch einige Geschichten vom Franz erzählen, dann verabschiedeten sie sich.

»Und jetzt?« Jana hatte die vollkommen unberechtigte Hoffnung, dass Jenny aufgeben würde.

»Jetzt fragen wir mal die Frau am Empfang.« Mit ihren Riesenschritten federte sie klimpernd in das Seniorenheim, Jana, Zora und ihren eisernen Willen im Schlepptau.

»Guten Tag. Haben Sie eine Besucherliste oder so was?« Jenny redete selten um den heißen Brei. Sie wusste, was sie wollte, und sagte es direkt. Umwege waren nicht ihr Ding.

Die ältere Dame, die hinter dem Empfang saß, lächelte sie freundlich an. »Natürlich haben wir so etwas. Aber die ist geheim!«

»Warum?«

»Na ja, das geht nun einmal niemanden etwas an, wer wen wann besucht. Datenschutz nennt man das, mein Kind.«

»Wir bräuchten aber ganz dringend eine Information«, mischte sich Zora ein.

Die Empfangsdame schüttelte den Kopf.

Jenny schaute ihr tief in die Augen. »Und keine Ausnahme?«

»Keine Ausnahme!«

In diesem Moment schlich eine sehr alte Frau an einem Gehwagen in die Halle. »Frau Mohn, ich muss zur Toilette«, sagte sie mit zittriger Stimme.

Die Empfangsdame eilte ihr sofort zu Hilfe, »aber Frau Schmitt, wo ist denn die Schwester?«, und verschwand mit ihr in einem der langen Gänge.

Jenny zögerte keine Sekunde, witschte hinter die Theke und blätterte in dem aufgeschlagenen Riesenkalender.

»Jenny, bist du verrückt geworden?« Jana bekam einen Hustenanfall und Zora begab sich sofort in Habachtstellung, um rechtzeitig Laut geben zu können, wenn Frau Mohn zurückkam.

Jenny fuhr ganz ruhig mit ihrem Finger die aufgelisteten Besucher ab, stockte plötzlich und blieb aufgeregt an einem Namen hängen. »Hier, da steht es: Charlotte Steinbach.«

Zora pfiff einen leisen Warnton durch die Zähne und Jenny verließ die verbotene Zone.

»So, ihr Mädchen, kann ich sonst noch etwas für euch tun?« Frau Mohn nahm ihren alten Platz ein und lächelte.

Jenny lächelte zurück. »Leider ja nicht. Oder haben Sie es sich anders überlegt?«

Die Empfangsdame schüttelte den Kopf und die Mädchen beeilten sich, die *Gute Aussicht* schnell hinter sich zu lassen.

»Okay, was haben wir? Finns Mutter war hier. Sie hat sich an ihr altes Leben erinnert oder es einfach nicht mehr ausgehalten. Sie will Kontakt. Und sie hat anscheinend wieder ihren Mädchennamen angenommen, Steinbach. Wie Omi. Da sollte es kein Problem mehr sein, ihre Adresse herauszufinden.« Jenny war vollkommen aufgelöst.

»Einerseits ein Erfolg, aber solltest du jetzt nicht erst mal mit Finn sprechen?«, gab Jana zu Bedenken.

»Andererseits könnte er Einspruch erheben, besser wir stellen ihn vor vollendete Tatsachen, ich meine, wenn wir wissen, wo sie ist, dann kann er selber entscheiden!«, widersprach Zora.

»Sehr richtig!«

»Und wichtig!«

»Nicht nichtig!«

Omi

Charlottchen ist eine gute Mutter. Drei Söhne, das hätte dir auch gefallen, stimmt's, Franz? Und was für prächtige Jungs. Vor allem Finn, der Gute. Aber jetzt ist sie schon so lange weg. Ich verstehe sie ein bisschen, ist ja auch meine Tochter, sie hat sich wohl nicht den richtigen Mann ausgesucht. Trotzdem. Finn so alleinzulassen! Es muss ihr doch das Herz brechen, ich weiß, dass es ihr das Herz bricht. Eine Mutter bleibt eine Mutter.

Und du, Franz? Wo steckst du eigentlich? Abendessen ist fertig. Du treibst dich doch schon wieder rum! Ich habe Blumen von Charlottchen bekommen. Sie besucht mich jede Woche. Du meinst, sie ist weg? Habe ich das gesagt?

Franzl, Charlottchen, kommt nach Hause!

Werwolf und Dampfwalze

Jennys Mutter übte am Klavier, als die Mädchen nach Hause kamen. Ein wildes Stück, sehr laut, mit vielen Tönen auf einmal. Sie hatte eine Abmachung mit allen Nachbarn, die im Hochhaus wohnten. Zwischen fünf und sechs durfte sie laut sein, und das war wichtig, schließlich war das Klavier ihr Beruf.

Jenny ließ ihre Jacke fallen und stürmte mit großen Schritten in Amadis Zimmer, zwar streng verboten, aber ihr immer egal.

»Da muss man nur kurz im Compi nachschauen, also wenn die irgendwo gemeldet ist, dann werden wir sie finden.«

Das Zimmer war komplett mit dunklen Tüchern abgehängt und darauf überall Poster von Gruselschockern oder Masken mit langen Zähnen, an denen falsches Blut klebte. Amadis Horrorphase.

Jenny, Jana und Zora versammelten sich an seinem Schreibtisch – noch viel verbotener – und schalteten den Computer an, der sofort ein Passwort von ihnen wissen wollte.

»Mist!«, schimpfte Jana, zog die Nase links hoch und Zora schüttelte den Kopf, weil sie nicht mal den Anflug einer Idee hatte. Jenny tippte *WERWOLF*. Das war Amadis Lieblingshorrorfigur und es hatte ziemlichen Ärger gegeben, als er neulich bei Vollmond versucht hatte einer zu werden, indem er die leuchtende Kugel am Himmel anheulte. Das versammelte Hochhaus hatte protestiert und Amadi hatte umsonst auf seinen Unterarm gestarrt, in der Hoffnung, es könnte Fell wachsen.

Sofort gewährte der Computer ihnen Einlass und Jenny verdrehte die Augen. »Wie kann man nur so einfach sein? Typisch Typ! Er hätte es doch wenigstens rückwärts schreiben können!«

Sie gab Charlottes Namen im Internet auf einer Suchseite ein und schnalzte ärgerlich mit der Zunge, als kein Eintrag vermeldet wurde.

»Vielleicht steht sie da noch unter ihrem Ehenamen?«, schlug Zora vor und Jenny versuchte es. Wieder kein Eintrag.

»Oder mach einfach nur Charlotte, vielleicht hat sie ja einen Wollladen eröffnet oder irgendwas.«

Unter Charlotte tauchten natürlich unendlich viele

Meldungen auf und die Mädchen begannen gerade sich durch die lange Liste zu arbeiten, als mit schrecklichem Geheul Amadi ins Zimmer stürzte und seinen schwarzen Umhang über Jenny stülpte. »Was fällt dir ein, du normalsterbliches Waschweib, Finger weg von meinem Computer!«

Jenny wühlte sich unter dem Stoff hervor und las weiter. »Stell dich nicht an, wir müssen jemanden finden.«

»Das könnt ihr gerne machen. Aber nicht in meinem Zimmer, an meinem Computer und vor allem nicht, ohne mich gefragt zu haben.« Er drückte auf irgendeine Taste, die die Liste verschwinden ließ und verschränkte seine haarlosen Unterarme vor der Brust. »Raus!«

Jenny drehte sich auf dem Schreibtischstuhl zu ihm um. »Wir suchen eine Charlotte Steinbach. Du als Untoter müsstest eigentlich wissen, wie man an so jemanden herankommt, wenn man nichts über ihn weiß.«

»Genau, Amadi, und es ist die erste Pflicht eines Untoten, den Normalsterblichen in ihrer Hilflosigkeit einmal am Tag zur Seite zu stehen.« Jana war ziemlich gut in Amadi-am-richtigen-Punkt-erwischen.

»Das ist ein Gesetz!«, legte Zora noch nach. »Untotengesetzbuch, Paragraph 418b!«

Amadi schloss theatralisch die Augen und seufzte. »Was wollt ihr denn von der? Ich glaube, es gibt so eine Verschwundenenseite, lass mich mal!«

Alle vertieften sich in den Computer, Amadi hackte und forschte und blätterte und keiner merkte, dass Finn in der Tür auftauchte, zum Schreibtisch ging und ihnen über die Schulter schaute. »Charlotte Steinbach?«

Jana kreischte auf vor Schreck und auch die anderen fuhren hoch. Jenny wurde rot. Das passierte ihr ausgesprochen selten und in diesem Fall wirklich nur, weil Finn sie erwischt hatte und das auf keinen Fall der Weg sein sollte, auf dem er erfuhr, dass sie doch nach seiner Mutter suchte. »Finn, was machst du denn hier?«

Finn war sehr blass um die Nase geworden, starrte Jenny an und ging langsam rückwärts Richtung Tür. »Ich glaube, das ist eigentlich meine Frage. Wir hatten doch darüber geredet, kannst du dich noch erinnern, Jenny?«

Jenny sprang auf und ging zu ihm. »Ja, aber ich finde einfach nicht, dass du recht hast. Ich ...!«

Finn hob die Hand. »Vielleicht kannst du es dir nicht vorstellen, aber manchmal ist es nicht wichtig, was du findest. Du rennst einfach los, egal, was links oder rechts ist, und kümmerst dich einen Teufel darum, ob du andere dabei umrennst oder ihnen wehtust. Ich hatte Nein gesagt und ich sag's dir jetzt noch mal: Es geht dich nichts an. Hör auf damit!«

Jenny wollte seine Hand nehmen, aber er zog sie weg, drehte sich um und ging. Ließ sie einfach stehen. Es war ganz still im Zimmer.

»Die ist da eh nicht zu finden«, sagte Amadi und schaltete den Computer aus. »Wer ist das eigentlich?«

Er bekam keine Antwort. Jana und Zora, beste Freundinnen ihres Zeichens, hakten sich links und rechts bei Jenny ein, zogen sie mit sich in ihr Zimmer und setzten sie auf den Sitzsack. Jenny sagte kein Wort. Sie starrte vor sich hin. Jenny stand unter Schock. Seit Finn und sie praktisch Freund und Freundin waren, hatten sie sich noch nie gestritten. Es war immer nett, warm und watteweich mit ihm gewesen. Jetzt hatte er sie angeschrien und ihre Hand verweigert. Er hatte sie beschimpft und wollte nichts mehr von ihr wissen. Vielleicht war jetzt Schluss? Hatte sie ihn verloren?

»Daran siehst du einfach, wie nahe ihm das geht mit seiner Mutter!«, versuchte Jana Jenny aus ihrer Trance zu holen.

»Und genau deswegen ist es auch wichtig, sie zu suchen.« Zora nahm Jennys Hand. »Das wird schon wieder.«

Jenny schüttelte den Kopf und starrte finster auf Sieg, der ihre ganzen Bleistifte vom Tisch gekickt hatte. »Glaub ich nicht. Ich hätte mit ihm reden sollen, Jana hatte recht. Ich meine, das mit der Mutter, das ist ein Riesending, vielleicht eines seiner tiefsten Gefühle. Da hat er Angst und die liebt er, da gibt es tausend Fragen, die nie beantwortet worden sind, und was mache ich?« Sie vergrub ihr Gesicht in den Händen. »Überrolle ihn einfach. Ihr könnt in Zukunft Dampfwalze zu mir sagen!«

Es klopfte und einen kurzen Moment hofften die Mädchen, es wäre Finn, der es sich noch mal anders überlegt hatte, aber es war nur Jennys Papa. »Jana, Zora, ihr sollt nach oben kommen!«

Die Zwillinge wohnten drei Stockwerke über Jenny. Das war ziemlich praktisch, weil man sich schnell treffen konnte. Jetzt wären sie allerdings lieber noch ein bisschen bei Jenny geblieben.

»Und was macht die Seifenkiste?« Jennys Vater war total neugierig und wartete voller Vorfreude auf den Moment, in dem die Mädchen nicht weiterkommen und seinen Rat brauchen würden.

Jenny antwortete nicht. Jana und Zora klopften ihr zum Abschied auf die Schulter, »bis morgen, Jenny!«, und nahmen den Vater mit raus.

»Was ist denn los? Spricht hier keiner mehr mit mir?«, schimpfte der und musste dann leider von den Zwillingen erfahren, dass alles super lief und er sich keine Sorgen machen sollte.

Jenny stützte ihren Kopf in die Hände und schaute Sieg in die Augen, der ihr mit schief gelegtem Kopf gegenübersaß und sich ziemlich schnell entschloss, auf Jennys Schoß zu springen, um sie zu trösten.

»Ich hab's vermasselt!«, flüsterte sie.

Beim Abendessen kriegte sie keinen Bissen runter und auf die Fragen ihrer Familie antwortete sie nicht. Jenny stand einfach auf, ging ohne Zähneputzen und in voller Montur ins Bett und zog sich die Decke über den Kopf. Schlafen, erst mal schlafen, dachte sie, dann würde ihr schon was einfallen. Jenny fiel immer etwas ein.

Sie drehte sich nach rechts und nach links, hörte, wie die anderen in der Wohnung alle ins Bett gingen, stellte sich schlafend, als ihre Mutter noch einmal hereinkam und ihr über den Kopf strich, und klappte die Augen sofort wieder auf, als sie weg war.

In Wirklichkeit war an Schlaf nicht zu denken. Sie musste mit Finn reden. Das war keine besonders originelle Idee, aber die einzig wahre Chance. Vielleicht würde er ihr nicht verzeihen, kein Wort sagen und sie einfach wieder wegschicken, aber vielleicht auch nicht und das musste sie auf jeden Fall versuchen.

Jenny kletterte leise aus dem Bett, zog ihre Schuhe an und verließ die Wohnung. Draußen war es kalt und dunkel, aber Jenny merkte nicht wirklich etwas davon. Sie wusste, wo sie hinwollte, und sie konnte den Gedanken, dass Finn sie vielleicht für immer hasste, keine Sekunde länger aushalten. Sie raste auf ihrem Fahrrad durch die leeren Straßen und stand kurz vor Mitternacht im Hof der Firma *Fröbes Bau*.

Irgendwie hatte sie vergessen darüber nachzudenken,

wie sie zu Finn reinkommen sollte. Klingeln kam nicht infrage. Finns Vater wollte sie nun wirklich nicht um Mitternacht begegnen, diesem mürrischen Mann, der wahrscheinlich gleich mit einer Schrotflinte an der Tür auftauchen würde. Jenny zählte die Fenster ab, bis sie wusste, hinter welchem Finn gerade in seinem Bett lag und schlief.

Ziemlich genau daneben war ein Gerüst aufgebaut, nicht bis ganz oben, aber immerhin. Lange war Klettern nicht gerade Jennys Stärke gewesen, aber sie hatte es gelernt und zögerte jetzt keine Sekunde, spuckte in die Hände und zog sich am Gerüst hoch.

Es war ganz einfach, einfach vor allem mit dem Gedanken im Kopf, gleich mit Finn reden zu können und sich vielleicht, vielleicht wieder mit ihm zu vertragen.

Als sie sich auf die zweite Ebene zog, stieß Jenny gegen eine Eisenstange, die rollte Richtung Abgrund, Jenny wollte sie noch festhalten, schaffte es aber nicht und die Stange knallte mit einem unglaublichen Getöse nach unten in den Hof.

Jenny drückte sich an die Wand und versuchte unsichtbar zu werden, indem sie einfach nicht mehr atmete. Im Fenster unter ihr ging Licht an, es wurde aufgerissen und Finns Vater schaute heraus. »Hallo? Ist da wer?«

Nein, hier ist keiner, dachte Jenny, alles in Ordnung, geh wieder ins Bett. Herr Fröbes beugte sich aus dem

Fenster, entdeckte die Eisenstange im Hof und fluchte. »Verdammtes Ding, wer hat das denn da liegen lassen?« Er schloss das Fenster und machte kurz darauf das Licht wieder aus.

Jenny holte tief Luft, weil sie sonst demnächst erstickt wäre, wartete ungefähr so lange, wie sie im Normalfall brauchen würde, um wieder einzuschlafen, und wollte gerade weiterklettern, da öffnete sich das Fenster zu Finns Zimmer und sein verstrubbelter Kopf tauchte auf.

»Jenny?«, flüsterte er. »Jenny, ich weiß genau, dass du da bist!«

Der rollende Stein

Jenny löste sich aus der Dunkelheit und winkte Finn vorsichtig zu.

»Hier bin ich! Ich muss mit dir reden!«

Finn zog sie zu sich ins Zimmer. Er sagte nicht: »Weißt du eigentlich, wie spät es ist?« oder »Hey, ich hab schon geschlafen!« Er kannte Jenny und hatte außerdem tatsächlich kein Auge zugetan. Jenny hielt ihre Ketten fest, damit sie nicht so laut klimperten, schloss das Fenster und setzte sich einfach neben ihn aufs Bett. Er spielte nervös mit einem altmodischen Tuch und schwieg.

»Es tut mir leid. Du hast voll recht gehabt mit dem, was du gesagt hast. Es war ein Fehler von mir, hinter deinem Rücken nach deiner Mutter zu suchen.«

»Wie habt ihr denn ihren alten Namen rausgekriegt?«

»Sie war bei Omi und hat bei der Anmeldung unterschrieben. Hätte man aber auch so draufkommen können. Omi heißt ja auch so!«

Finn machte einen Knoten in das Tuch und zog so fest, dass seine Handknöchel ganz weiß wurden. Jenny legte vorsichtig ihre Hand auf seine und diesmal nahm er sie nicht weg.

»Sie war also da.«

Jenny nickte.

»Warum?«

»Ich habe auch darüber nachgedacht. Nur so? Nein. Irgendwelche Geldsachen, die sie mit Omi besprechen musste? Wohl kaum, dazu ist zu viel Zeit vergangen. Hat sie gedacht, sie muss Omi noch mal sehen, bevor sie stirbt? Dafür gibt es keine Anzeichen. Es gibt also nur eine Erklärung: Sie vermisst euch!«

»Und warum geht sie dann einfach wieder, ohne Hallo zu sagen?« Finn pfefferte das Halstuch in eine Ecke.

Jenny zuckte mit den Schultern. »Angst?«

Finn zog die Nase hoch, als müsste er fast heulen, aber das kam natürlich nicht infrage. »Ich hätte dich nicht so anschreien dürfen vorhin. Es tut mir leid.«

»Nee, jetzt hör auf ... !«

»Doch. Du hast recht, nicht ich. Wir werden sie suchen. Sie hat den Stein ins Rollen gebracht und jetzt ist er nicht mehr aufzuhalten.« Er stand auf, holte das Tuch und gab es Jenny.

»Riech mal!«

Jenny versenkte ihre Nase hinein. Es roch alt und als hätte es sehr lange im Schrank gelegen. Vielleicht ganz weit hinten, tief vergraben in den Falten und Knicken, ein leichter Duft nach ... Mama.

»Es gehörte meiner Mutter. Ich habe es die ganzen Jahre über in meinem Schrank vergraben.«

Jenny nickte nachdenklich. »Das Blöde ist, dass sie nirgendwo im Internet auftaucht. Es gibt überhaupt keine Spur von ihr und ich weiß nicht genau, wie wir jetzt weiterkommen sollen. Meinst du, wir könnten deinen Vater fragen?«

Finn lief im Zimmer auf und ab und schüttelte heftig den Kopf. »Auf keinen Fall. Seit sie weg ist, hat er nie wieder über sie gesprochen. Es ist verboten, ich hab's zweimal versucht und das mach ich nicht noch mal.«

Jenny zog die Beine an ihren Körper und schlang die Arme drum. Jetzt kannte sie Finn schon eine ganze Weile und trotzdem war ihr nie wirklich klar gewesen, wie schlimm es für ihn war, von seiner Mutter verlassen worden zu sein.

Finn blieb stehen. »Auf dem Dachboden, vielleicht finden wir da noch was. Ich kann mir kaum vorstellen, dass er alles ratzekahl vernichtet hat. Oder?«

Jenny sprang vom Bett. »Kann ich schon, so wie der drauf ist. Aber einen Versuch ist es auf jeden Fall wert.«

Leise schlichen sie aus dem Zimmer und die Treppe zum Dachboden hinauf. Dort war es niedrig, eng und modrig, so wie auf jedem Dachboden. In den Balken hing ein altes Wespennest, in dem zum Glück keiner mehr wohnte, und überall stand Zeug herum, kreuz und quer, Möbel und Kisten, alte Fahrräder und stapelweise Zeitschriften über das Bauwesen an sich und im Besonderen. Die Glühbirne an der Decke hatte einen Wackelkontakt und spendete nur Licht, wenn sie Lust hatte. Trotzdem entdeckte Finn nach langem Suchen und Umstapeln in der hintersten Ecke einen Karton, der mit Blumenpapier beklebt war. »Der sieht zumindest nicht so aus, als wäre er von meinem Vater.«

Jenny musste kichern bei der Vorstellung, wie Finns mürrischer Vater mit seinen großen Händen einen Karton mit blumigem Geschenkpapier verschönerte. Vorsichtig zogen sie ihn aus der Ecke und klappten ihn auf. Ein paar Babysachen waren darin, ein Buch über gesunde Ernährung für Kinder, eine kleine Schmuckschachtel mit rotem Samt ausgeschlagen, allerdings ohne Inhalt, und ein Fotoalbum. Finn atmete tief durch und schlug es auf. Seine Mutter, fast auf jedem Bild, die zwei Brüder und ein Baby auf ihrem Arm. Außer dem Foto, das bei Omi hing, hatte er sie noch nie gesehen. Und noch nie sich selbst so nah bei ihr. Sogar das Halstuch hatte sie an. Jenny legte ihm die Hand auf den Rücken und betrachtete diese schöne, junge Frau. Sie lachte immer. Warum bloß war sie weggegangen?

»Sie sieht ganz gut aus, oder?«, krächzte Finn mit heiserer Stimme.

»Sieht aus wie du!«

Er lächelte Jenny an, blätterte um und fand einen aufgerissenen Briefumschlag, an Charlotte Fröbes von Birte Blickensdorfer. Vorsichtig zog er den Brief raus und faltete ihn auseinander.

»Lies vor!«, flüsterte Jenny.

»Meine liebe Freundin! Du fragst mich um Rat, für eine Entscheidung, die nicht nur Dein Leben, sondern auch das Deiner Söhne und Deines Mannes für immer verändern wird. Ich kann verstehen, dass es kaum auszuhalten ist, schließlich kenne ich Deinen Mann auch ein bisschen, und vielleicht gibt es tatsächlich keinen anderen Ausweg, aber denk doch an die Kinder. Was ist mit Finn? Er ist noch so klein. Er braucht seine Mama. Und wie willst Du damit leben? Du liebst ihn doch so!«

Finn musste unterbrechen und gab Jenny den Brief zum Weiterlesen.

»Ich kann Dir nicht dazu raten, denn ich glaube nicht, dass Du glücklicher werden würdest. Lass uns alles bei unserem nächsten Treffen besprechen. Halt aus, bis Donnerstag, in Liebe, Deine Birte.«

Jenny studierte den Absender. Birte wohnte damals etwas außerhalb der Stadt, aber doch in der Nähe. »Meinst du, sie lebt da noch?«

Finn wischte sich die Nase mit dem Ärmel ab. »Keine Ahnung. Das könnten wir aber doch bestimmt …!«

In diesem Moment hörten sie ein Geräusch von unten. »Finn?« Herr Fröbes.

»Mist, wenn der uns erwischt …!« Eilig stopfte Jenny sich den Brief in die Tasche, Finn klappte den Karton zu, schob ihn zurück in die hinterste Ecke und stapelte hektisch Möbel und andere Kartons davor.

Die schweren Schritte seines Vaters knarrten die Treppe hoch. »Finn, bist du das?«

Jenny und Finn setzten sich schnell im Schneidersitz gegenüber und taten so, als würden sie eine Indianerberatung abhalten oder sonst einen kindischen Kram machen. Herr Fröbes tauchte in der Dachbodenklappe auf und starrte sie verständnislos an. »Was macht ihr hier?«

Finn grinste ihn unsicher an. »Geheime Sitzung.«

Sein Vater schaute auf die Uhr. »Wisst ihr eigentlich, wie spät es ist?«

Jenny und Finn schüttelten den Kopf.

»Es ist halb zwei und da gehören Kinder ins Bett. Und nicht nur die! Und …!« Er stockte mitten im Satz und starrte auf eine Stelle hinter Finn. Das Fotoalbum. Sie hatten vergessen, es in den Karton zurückzulegen. Finn schob es schnell hinter seinen Rücken, aber es war natürlich zu spät. Sein Vater kam mit knallrotem Kopf zu ihnen hoch.

»Was soll das? Was ist das hier für eine geheime Sitzung, Finn? Und was geht das dieses Mädchen an?«

Er zerrte das Album hinter Finn hervor und nahm es an sich.

»Wir ... das ... also ...!« Finn brachte keinen ganzen Satz zustande und in Jenny stieg die gefährliche Wut hoch, für die sie bekannt und berüchtigt war.

»Dieses Mädchen heißt Jenny, das wissen Sie ja wohl, und ich bin Finns Freundin. Also geht es mich wohl etwas an, wenn ihn die Sache mit seiner Mutter beschäftigt.«

»Halt dich da raus!«, schnauzte Herr Fröbes sie an und da fand Finn seine Sprache wieder.

»Lass Jenny in Ruhe! Wir haben nur die Fotos angeschaut, das wird ja wohl noch erlaubt sein, wenn mir hier schon keiner etwas von meiner Mutter erzählt.«

Herr Fröbes stand kurz vor der Explosion. Seine Gesichtsfarbe ging langsam in ein dunkles Lila über und sein starker, mächtiger Körper zitterte. Dennoch schaffte er es, sich zu beherrschen. »Die geheime Sitzung ist beendet. Ich werde das hier nicht vor diesem Mädchen besprechen.«

»Jenny«, sagte Jenny, und da war es aus.

»Raus hier! Verschwinde!«

Jenny stand auf, warf Finn einen Mutblick zu und ging die Treppe runter. Finn wollte ihr folgen. »Ich begleite Jenny noch nach Hause.«

»Auf keinen Fall. Du gehst ins Bett. Ich fahre sie.« Herr Fröbes duldete keinen Widerspruch. Er schnaubte seine Wut raus und Jenny wunderte sich, dass kein Dampf aus seiner Nase kam. Der Gedanke, dass dieser zornige Mann sie jetzt nach Hause fahren würde, gefiel ihr ganz und gar nicht.

»Ich schaff das schon. Ist ja nicht weit.«

»Ich fahre dich!«

Draußen knallte er ihr Fahrrad auf die Ladefläche seines Pick-ups und schlug die Beifahrertür zu, als Jenny eingestiegen war. Sie sandte noch einen Blick zu Finn, der oben am Fenster stand, dann verschränkte sie die Arme vor der Brust und nahm sich fest vor zu schweigen. Finns Vater fuhr mit grimmigem Blick durch die Nacht. Es nieselte ein bisschen, aber er hatte anscheinend völlig vergessen, dass es so etwas wie Scheibenwischer gab.

»Du darfst diese Wunde nicht aufreißen. Wir haben bis jetzt alle sehr gut damit gelebt«, sagte er plötzlich mit rauer Stimme.

Jenny schluckte und warf ihr Vorhaben in den Mülleimer. »Nein, haben Sie nicht.«

Als sie ihr Fahrrad abgeschlossen hatte, schaute sie den

Rücklichtern nach, die im Nieselnebel verschwanden. Finns Vater tat ihr leid.

Herr Fröbes

Charlotte! Warum kramt er sie jetzt raus? Schleicht sich ein in unser Leben, aus dem sie einfach so verschwunden ist.

Ist das eine Mutter? Eine Frau, die man zurückhaben will? Nein. Nein, auf keinen Fall.

Andere Leute lassen sich geordnet scheiden, regeln das mit den Kindern und dann klappt das. Aber sie? Haut einfach ab. Lässt mich alleine mit drei kleinen Jungs, denkt nicht mal darüber nach. Hat sie mal angerufen? Mal gefragt, wie es den Jungs geht, ihren Söhnen, die sie geboren hat, die sie haben wollte?

Und ich? Nee, ich hab den Betrieb, ich brauchte keine Kinder, die dauernd krank sind und immer irgendwas wollen. Aber ich hab sie! Sie nicht. Sie ist gegangen. Aber so war sie schon immer. Ich hätte es wissen müssen, sprunghaft, ohne Disziplin, vergnügungssüchtig, immer raus, immer Party, jaja, der Alte macht das schon.

Jetzt kann sie verdammt noch mal wegbleiben. Wo der Pfeffer wächst oder noch lieber beim Teufel!

Holunderblütentee

»Birte Blickensdorfer wohnt tatsächlich immer noch im selben Ort.«

Jana und Zora studierten den Brief, während Jenny die Seifenkiste mit einem dicken Pinsel rosa anstrich.

»Hauptsache, er ist dir nicht mehr böse«, meinte Jana und schielte zu den Jungs rüber, die immer noch damit beschäftigt waren, ihr Megagehäuse für die Seifenkiste möglichst windschnittig zurechtzuschleifen. Dabei sangen Orhan, Max und Sebi irgend so ein Gewinnerlied aus dem Fußball: »Wir holen die 155 Euro rein und wir werden erster Sieger!« Nur Finn war noch nicht da.

Jenny schaute unruhig auf die Uhr, die an einer ihrer Ketten um ihren Hals hing. »Hoffentlich hat er nicht noch den totalen Ärger gekriegt!«

Genau in diesem Moment bremste er mit seinem Fahrrad am Rand des Brachlandes, dass die Steine flogen, und kam zu ihnen. »Na?«, sagte er nur, verschränkte die Arme vor der Brust und betrachtete grinsend das rosa Seifenmobil der Mädchen.

Sofort kamen die anderen Jungs dazu.

»Die Mädels machen echt Ernst!«, grinste Sebi.

»Rosa, rosi, rotrallala!« Max tänzelte weibisch auf der Stelle und Orhan bog sich vor Lachen.

»Euch wird das Lachen schon noch vergehen, wenn ihr das Rosa von hinten seht!«, maulte Zora.

Jenny schaute Finn an und sagte nichts zu dem Thema. »War's noch schlimm gestern?«

Finn schüttelte den Kopf. »Aber nur, weil ich ihm versprochen habe, nicht weiter zu suchen!«

»Weiter suchen?«

»Was denn?«

»Zoff mit dem Alten?«

Die Jungs wollten wissen, um was es ging, und wurden ziemlich still, nachdem Finn sie kurz aufgeklärt hatte. Jenny steckte ihre Hände in die Hosentaschen. »Und jetzt?«

»Jetzt fahren wir zu Birte Blickenschnicken oder wie die heißt!« Finn lächelte sie an und Jenny grinste zurück. Sie war so froh über seinen Mut, darüber, dass er jetzt keinen Rückzieher machte, obwohl es eine gute Gelegenheit gewesen wäre. Sie wischte sich die rosa Hände an der Hose ab und nahm seine Hand. »Na, dann los!«

»Und was ist mit unserem Auto?« Jana hatte immer ein bisschen Angst, nicht fertig zu werden.

»Das schafft ihr doch. Reicht ja, wenn ihr es heute anmalt! Und denkt dran, da einen Kreis freizulassen für unsere Startnummer«, meinte Jenny.

»Ich könnte dir helfen, Jana!«, schlug Orhan vor und wurde knallrot. Die Jungs zogen erstaunt die Augenbrauen hoch und Jenny und Zora grinsten sich an.

»Nicht nötig, das kriegen wir schon hin, stimmt's, Zora?«, stotterte Jana und in diesem Moment hätten sie und Orhan allein von der Gesichtsfarbe her sehr gut zusammengepasst.

»Orhan ist verliebt!«, stellte Finn auf dem Weg zur S-Bahn fest und Jenny nickte. »Schon mal nicht schlecht, dass er die beiden endlich auseinanderhalten kann!«

»Wie haste denn die Adresse rausgekriegt?«

»Internet. Hab nur den Namen in Amadis Computer eingegeben und zack, stand sie da. Ziemlich einfach, wenn mein blöder Bruder nicht wieder dazugekommen wäre und versucht hätte, seine Schwester mit King-Kong-Gummiklauen zu erwürgen.«

Finn schüttelte nachdenklich den Kopf. »Ich weiß nicht, ob das alles richtig ist.«

Jenny hakte sich bei ihm ein und zog ihn in die S-Bahn. »Wir können immer aufhören.«

Sie ließen sich auf die harten Bänke plumpsen. Finn starrte aus dem Fenster. »Was machen wir, wenn die nicht mit uns reden will?«

Jenny spielte mit ihren Ketten und dachte nach. »Warum sollte sie das nicht wollen?«

Finn zuckte nur mit den Schultern und dann sprachen sie nichts mehr, bis sie aussteigen mussten.

Birte Blickensdorfer wohnte in einem kleinen Häuschen, das so aussah wie alle anderen außen herum und zum Glück eine aus Tonwürsten geformte Nummer hatte. Jenny klingelte.

»Vielleicht hören wir jetzt auf?«, krächzte Finn, doch da öffnete schon eine Frau mit sehr kurzen Haaren und knallroten, riesigen Lippen die Tür. »Ja?«

Jenny wartete, ob Finn vielleicht etwas sagen wollte, aber der war stumm wie ein Fisch.

»Wir suchen eine Birte Blickensdorfer«, erklärte sie also.

»Steht vor euch. Und mit wem habe ich die Ehre?«

»Äh, Entschuldigung, ich bin Jenny und das hier …«, Jenny schob Finn ein Stück nach vorne, »… ist mein Freund Finn. Finn Fröbes.«

Birte wusste sofort Bescheid. Sie wurde ein bisschen blass um die Nase, fing sich aber schnell wieder und strahlte Finn mit ihrem riesigen Mund an. »Okay. Du bist also Finn!«

Finn versuchte zurückzulächeln. »Ja. Wir hätten da ein paar Fragen.«

»Aber sicher, das kann ich mir vorstellen. Kommt doch rein!«

Birte bot ihnen einen Platz auf ihrem Sofa an. Es war so weich, dass Jenny sich nicht vorstellen konnte, jemals wieder rauszukommen. Sie schaute sich im Wohnzimmer um, während Finn nervös mit seinem Bein wibbelte und Birte ebenso nervös Tee kochte und ihnen einen Vortrag über die Holunderblüte an sich und als Tee im Besonderen hielt. Es sah ziemlich alternativ hier aus, überall indische Stoffe mit einer Million kleiner Spiegel darin und Bilder von Buddhas im Schneidersitz.

»Das letzte Mal, als ich dich gesehen habe, warst du noch ein bisschen kleiner«, grinste Birte, als sie den Tee vor ihnen abstellte. »Nehmt euch Zucker, wenn ihr wollt.« Sie setzte sich auf den Boden vor den Couchtisch und schaute Finn zu, wie er vier Löffel in seine Tasse kippte, um möglichst lange umrühren zu müssen.

Jenny zog den Brief aus ihrer Hosentasche und legte ihn auf den Tisch. »Wir haben den auf dem Speicher gefunden. Sie sind die einzige Spur zu Finns Mutter, die wir haben.«

Birte nickte. Sie wusste wohl, was in dem Brief stand, denn sie machte keine Anstalten, ihn sich anzuschauen. »Ja, das war ziemlich am Ende.«

»Warum ist sie einfach weggegangen?«, platzte es aus Finn heraus und Birte dachte eine ganze Weile nach. So lange, dass Jenny es einfach nicht mehr aushalten konnte.

»Sagen Sie es einfach!« Sie war nicht gerade bekannt für ihren langen Geduldsfaden.

Birte kratzte sich am Kopf. »Das ist nicht so leicht. Ich möchte gerne, dass du es verstehst.« Sie schaute Finn an, der ihrem Blick sofort auswich und Löcher in seine Schuhspitzen starrte. »Ich will nicht, dass du deine Mutter hasst oder so, denn das solltest du nicht. Sie war … ist eine ganz wunderbare Frau.«

»Sehr wunderbar, einfach so abzuhauen!«, knurrte Finn.

»Es war nicht mehr auszuhalten. Sie hat sich um euch gekümmert und alles gemacht, ehrlich, aber manchmal wollte sie eben auch noch ein bisschen leben, ausgehen, tanzen oder auch nur ins Kino. Aber dein Vater war rasend eifersüchtig.«

Finn zog sich seinen Hut tiefer ins Gesicht und Jenny legte ihm eine Hand aufs Knie und versuchte ihm etwas von ihrer Kraft abzugeben. Wie schrecklich musste es sein, das jetzt zu hören.

»Er hat sie eingesperrt, es war wie ein Gefängnis!« Birte trank einen Schluck Tee und seufzte. »Dabei haben sie sich mal so geliebt.«

Finn verschränkte die Arme vor der Brust und schaute Birte zum ersten Mal direkt an. »Sie hätte uns mitnehmen können!«

Birte schüttelte den Kopf. »Er hätte euch gesucht und gefunden, niemals Ruhe gegeben. Diese Belastung wollte sie euch nicht zumuten. Nicht immer auf der Flucht sein, wenn du mich verstehst.«

Jenny runzelte die Stirn. »Aber man kann das doch mit einem Anwalt machen, so ganz normal, wie alle. Viele!«

»Was meinst du, was los war, als sie von Scheidung gesprochen hat?« Birte kniff ihre dicken Lippen zu einem langen Strich zusammen. »Lotte hat keinen anderen Ausweg gesehen.«

»Mein Vater ist kein schlechter Mensch. Der hätte sich schon irgendwann damit abgefunden!« Finn war wütend.

Birte zuckte mit den Schultern. »Vielleicht hast du recht. Aber Lotte konnte nicht mehr warten.« Sie zeigte auf den Brief. »Ihr habt es ja gelesen, ich habe noch versucht, sie davon abzuhalten.«

Jenny sprang auf – es war gar nicht so schwer, wie sie gedacht hatte – und lief mit ihren großen Schritten im Zimmer hin und her. Sie konnte einfach nicht mehr still sitzen. »Wissen Sie, wo sie jetzt ist?«

Birte drehte ihre Teetasse in den Händen und schüttelte den Kopf.

»Sie wird Ihnen doch geschrieben haben, ich meine, sie wusste ja wohl, dass Sie sie nicht verraten würden!« An der Lautstärke von Finns Stimme erkannte Jenny, wie aufgeregt er war.

»Nein!«, sagte Birte bestimmt, stand ebenfalls auf und stellte die Teetassen zusammen. »Lotte hat irgendwo ein neues Leben angefangen.«

Ein Mädchen, ein bisschen älter als Jenny und Finn, kam in die Küche. Sie hatte einen Zopf bis zu den Knien, stiefelte zum Kühlschrank, holte sich eine Buttermilch raus und schenkte niemandem im Raum auch nur die geringste Beachtung.

»Jule, das sind Jenny und Finn«, stellte Birte sie vor.

»Hi«, sagte Jule und verschwand, ohne auch nur aufgeschaut zu haben.

Birte zuckte entschuldigend mit den Schultern. »Sie ist ein bisschen komisch, seit ich mich von meinem Mann getrennt habe.«

Finn hievte sich aus dem Sofa. »Na, da scheinen die beiden Freundinnen sich ja ziemlich ähnlich zu sein.«

Das war fies und Jenny schob ihn eilig zur Tür hinaus.

»Vielen Dank, es war sehr …!« Ja, was eigentlich? »… sehr lecker, der Tee!« Sie schloss die Tür und ließ Birte in ihrem Wohnzimmer stehen. »Sie kann doch nichts dafür!«, versuchte sie Finn zu beruhigen, der mit großen Schritten Richtung Bahnhof ging.

»Sie ist doof!«

Jenny packte Finn am Arm und hielt ihn an. »Vielleicht. Trotzdem hat sie mit uns gesprochen und alles erzählt, was sie wusste. Das ist doch immerhin in Ordnung, oder?«

Jule kam auf einem fetten Mountainbike angerast, hielt genau neben ihnen und drückte Finn eine Postkarte in die Hand.

»Mama hat nicht die Wahrheit gesagt. Sie schreibt manchmal.«

Dann machte sie kehrt und fuhr davon.

Feuertruppe, einig und stark

»Halt, warte!« Jenny startete durch und lief Jule hinterher, die auf ihrem Mountainbike natürlich viel schneller war und keine Anstalten machte, auf sie zu hören. Aber Jenny gab alles, kletterte über eine Mauer, die Jule umfahren musste, und holte sie fast ein. »Bleib stehen!«

Jule ratterte eine Treppe runter, Jenny nahm das Geländer, sauste an ihr vorbei, stellte sich in den Weg und hielt den Lenker fest. »Was ist los mit dir?«

Jule blitzte sie aus dunkelbraunen Augen an. »Immerhin habe ich meine Mutter verraten. Was willst du noch?«

»War das die letzte Karte?«

»Nein. Aber die Wichtigste. Wirst schon sehen. Mama hat Lotte versprochen, es niemandem zu verraten. Aber ich weiß, wie es ist, wenn einer von den Eltern verschwindet. Also, viel Glück!«

Sie drehte das Lenkrad so ruckartig, dass Jenny loslassen musste, und fuhr davon.

Jenny schaute ihr noch eine Weile nach, dann ging sie zurück zu Finn. Er hatte sich nicht von der Stelle bewegt, starrte auf die Postkarte in seiner Hand und war wie versteinert.

»Darf ich?«

Vorne drauf war ein kleiner Ort zu sehen, an dessen Rand ein großes Anwesen direkt an den Schienen stand. Es war mit einem Kugelschreiber eingekreist und darüber stand *Ich*.

Hinten hatte Charlotte Grüße geschrieben und dass es ihr einigermaßen gut ginge in Schrobsdorf. Bis bald.

»Die Karte ist drei Jahre alt!«, murmelte Finn, der schon den Poststempel gelesen hatte.

»Jule hat die bestimmt mit Absicht genommen. Wahrscheinlich, weil der Name des Ortes draufsteht.« Jenny nahm Finns Hände, drückte sie und schaute ihn an. »Wir haben sie gefunden. Deine Mutter wohnt in Schrobsdorf.«

Finn nickte versonnen. »Nach dem Poststempel ist das irgendwo im Norden. Ziemlich weit weg.«

Jenny schob den Doofhut ein bisschen hoch, um seine Augen besser sehen zu können. »Nicht zu weit. Wir könnten mit dem Zug hinfahren. Das kriegen wir aber locker hin!«

Da kam plötzlich Leben in Finn. Kopfschüttelnd lief er hin und her und redete wie ein Wasserfall. »Sicher könnten wir das. Aber stell dir vor, der ganze weite Weg und dann wohnt sie da schon längst nicht mehr. Scheint ja nicht gerade sesshaft zu sein, meine Ma.«

»Dann haben wir einen netten Ausflug gemacht und endlich mal das schöne Schrobsdorf kennengelernt.«

»Und wie soll ich das machen, ohne dass mein Vater es merkt? Was meinst du, wie der jetzt aufpasst, wie ein Luchs. Der will nicht, dass sich irgendwas ändert, und kann nicht ein Fitzelchen begreifen, dass einer von uns gerne seine Mutter mal kennenlernen würde. Außerdem haben wir uns bei diesem Seifenkistenrennen angemeldet. Das können wir auch nicht komplett den anderen überlassen, mitgehangen, mitgefangen, und ich brauche das Geld, kein Witz.« Irgendwann ging ihm die Luft aus.

»Weißt du was? Wir fahren jetzt erst mal zu den anderen zurück und dann sehen wir weiter.« Jenny hatte verstanden, dass Finn die Sache mit seiner Mutter in diesem Moment komplett über den Kopf wuchs. Also setzte sie sich neben ihn in die S-Bahn, schaute mit ihm aus dem Fenster und heckte einen Plan aus, wie alles gehen könnte, wie sie alle aufgezählten Hindernisse überwinden und doch zu seiner Mutter fahren könnten. Denn eines war klar: Auch wenn Finn Angst hatte, die Neugier und Sehnsucht würden siegen.

Jana und Zora waren tatsächlich mit dem Anstrich der Seifenkiste fertig geworden. Jetzt glänzte sie in der Sonne und sollte trocknen. Sogar die Jungs hatten Fortschritte gemacht und ihre Schleifarbeiten abgeschlossen. Ihre Megakiste lief spitz nach vorne zu und hatte ein Lenkrad aus Leder, das aber noch nicht funktionierte. Vor allem, weil noch keine Räder dran waren.

»Wie war's, habt ihr was rausgefunden?«

Die Truppe versammelte sich um Finn und Jenny, und Max fachte ein Feuer an, damit sie sich Stockbrot braten konnten. Er hatte alles mitgebracht, weil er genau wusste, dass er irgendwann Hunger kriegen würde. Finn überließ es Jenny zu berichten und sie erzählte langsam und ausführlich, damit er es sich auch noch mal anhören und durch den Kopf gehen lassen konnte.

»Das ist doch toll!«

»Jawoll!«

»Wundervoll!«

Sie setzten sich auf alte Kisten, Kanister oder Baumstümpfe um das Feuer, spießten Brotteig auf Stöcke und drehten sie darüber.

»Als Erstes müsste geklärt werden, ob Finn überhaupt fahren will«, sagte Jenny.

Alle schauten ihm zu, wie er tatsächlich den Doofhut abnahm, sich am Kopf kratzte und ihn dann verlegen zusammenknautschte. Seinen geliebten Hut, den man sonst nicht mal anpusten durfte. »Vielleicht nach dem Rennen. Eigentlich hat es doch Zeit.«

»Hat es?« Jenny legte den Kopf schief.

Finn machte den Hutknödel noch kleiner und zuckte mit den Schultern. »Nein, wohl nicht!«, flüsterte er.

Jenny klatschte in die Hände. »Gut. Dann fahren wir am Samstag!«

»Schaffen wir das denn mit der Seifenkiste?«, warf Jana ein.

»Wir besprechen das alles ganz genau! Ich meine, du hast ja auch noch Zora. Hey, du kennst dich doch aus mit so was wie Lenkung und so, Zora!«

Zora zuckte mit den Schultern, holte die Zeichnung ans Feuer, rollte sie auf und studierte sie. »Andererseits, hab ich noch nie gemacht, aber sollte wohl … könnte gehen!«

»Wenn nicht, habt ihr ja noch uns!«, warf sich Orhan ins Zeug und lächelte Jana dabei an.

»Schaut ihr erst mal, dass euer Angeberlenkrad nicht nur gut aussieht!«, schimpfte Zora und Jana zuckte mit den Schultern Richtung Orhan, was so viel heißen sollte wie: »Also, ich hätte nichts dagegen!«

Finn biss in sein Brot und schaute in die Runde. »Und

dann wäre da noch ... !« In diesem Moment bremste der Pick-up seines Vaters vor dem Brachland. »... mein Vater!«

Herr Fröbes stieg aus, die Hände tief in den Hosentaschen vergraben, und schlenderte zu der Feuertruppe. »Na?«

»Was machst du denn hier?«, wollte Finn wissen und Jenny setzte sich sehr gerade hin, weil sie sich genauso fühlte. So, als müsste sie ganz genau aufpassen. Sie konnte sich nicht daran erinnern, dass Finns Vater jemals hier gewesen wäre. Keine Zeit, immer Arbeit.

»Ich wollte nur mal gucken. Sonst nichts.«

»Stockbrot?« Max reichte ihm einen Stock, Herr Fröbes setzte sich zu ihnen in die Runde und schaute sich um. »Ziemlich wüst hier. Komisch, dass da noch keiner was drauf gebaut hat.«

»Zum Glück!«, sagte Sebi.

»Was habt ihr denn mit den Seifenkisten vor?«

Finn warf warnende Blicke in die Runde. Nicht, dass sich noch einer verplapperte und die Sache mit dem Geld und der Schule verriet.

»Wir machen mit beim großen Stadtrennen!«, erklärte Zora und Herr Fröbes schaute ein bisschen verwirrt von ihr zu Jana und wieder zurück.

»Ihr seht aber ganz schön gleich aus.« Er steckte das riesige, heiße Stück Brot auf einmal in den Mund und stand auf. »Dann will ich euch mal nicht weiter stören.« Und ging.

Die Truppe redete erst wieder, als sein Auto angesprungen, losgefahren und um die Ecke verschwunden war.

»Was war das denn?«, wollte Orhan wissen.

»Das war genau das, was ich meinte«, knurrte Finn. »Mein Vater passt auf wie ein Luchs. Er will nicht, dass ich meine Mutter suche, und hat beschlossen, mich zu kontrollieren. Er weiß genau, dass ich nicht einfach wieder aufhören kann, der fühlt das.«

»Ein kleines Problem, wenn man an Samstag denkt!«, stellte Max fest und Sebi nickte bedeutungsvoll.

»Das kriegen wir schon hin«, sagte Jana und alle schauten sie verwundert an, weil normalerweise sie es war, die die Bedenken hatte. »Finn soll seine Mutter finden! Das ist wichtiger als alles andere!«

Jenny spielte mit ihren Ketten und dachte nach. »Wir müssen Papa Fröbes bloß auf dem Laufenden halten. Also, wir verbringen den ganzen Tag alle zusammen mit unseren Seifenkisten. Behaupten wir. Sollte Herr Fröbes hier auftauchen, ist Finn eben gerade was besorgen. Ihr haltet uns über Handy auf dem Laufenden und notfalls rufen wir ihn gelegentlich an, tun so, als stünden wir im Baumarkt, und fragen ihn so Sachen wie: Welche Schraube man da und dafür braucht oder ob es einen Superdupersekundenkleber für Seifenkisten gibt. Ihr müsst uns ein Alibi geben und am Abend sind wir dann wieder zurück.« Sie schaute in die Runde. Alle nickten und waren sich sehr einig, dass sie das schaffen würden.

»Was wirst du zu deiner Mutter sagen?«, wollte Jana wissen. Sie und Zora hatten keinen Vater, und sie konnte sich überhaupt nicht vorstellen, was sie mit ihm sprechen würde, würde er eines Tages wider Erwarten vor ihr stehen.

Finn zuckte mit den Schultern. »Hallo vielleicht, keine Ahnung, wirklich.«

»Kann ja sein, dass sie was sagt«, half ihm Jenny weiter, »dann musst du nur antworten.«

»Also, ich würde keinen Ton rauskriegen«, behauptete Orhan.

»Kann ich mir kaum vorstellen!«, grinste Zora. Immerhin riss Orhan von allen die Klappe immer am weitesten auf. »Was kostet eigentlich so eine Fahrt nach Schrobsdorf?« Zora war Praktischdenker, nicht schlecht, wenn alle anderen vergaßen, dass man ja auch noch eine Fahrkarte kaufen musste.

»Also, wir sind mal nach Hamburg, das waren so 45 Euro«, überlegte Sebi.

»Macht ungefähr neunzig!«

Jenny legte fünfzehn Euro auf eine Dose. Die hatte sie von Amadi bekommen, weil sie ihm den Blutstein aus ihrer Steinesammlung angedreht hatte. Seitdem hielt er ihn unter den laufenden Wasserhahn und hoffte, das Wasser würde sich in Blut verwandeln. Echtes Blut für seine Horrorshow. Natürlich glaubte er nicht wirklich daran, aber bei Jenny war immerhin alles möglich, also zumindest einen Versuch wert.

Alle taten es Jenny nach und kramten raus, was sie an Vermögen besaßen. Am Ende lagen 95 Euro auf der Dose.

»Ihr seid ziemlich nett, finde ich«, nuschelte Finn, weil er so gerührt war, Jana und Zora zogen die Nase links hoch und Jenny stopfte Finn das gesammelte Geld in die Hosentasche. Orhan stand auf, klopfte sich die Hände ab, als würde es ihm was ausmachen, wenn sie dreckig waren, und grinste die Mädchen an. »Wie heißt eigentlich euer Geschoss? Pink Flamingo?«

Max krümmte sich vor Lachen und schlug sich auf die Schenkel. »Oder Rosalinde? Rennsemmel?«, schnaubte er.

»Habt ihr denn schon einen Namen?«, wollte Jenny wissen und Sebi verkündete ihn feierlich und voller Ernst.

»Silberpfeil!«

»Der direkt in euer Herz schießt auf der Straße der Verlierer!«

Und Ruhe.

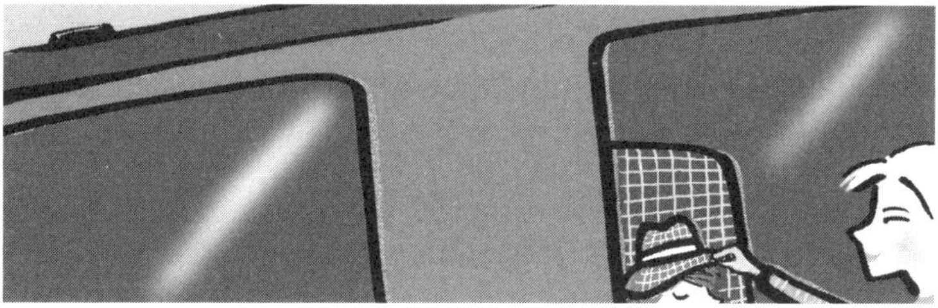

Früher Vogel

»Hey, ich muss nur kurz was nachschauen!« Jenny stand mit verschränkten Armen vor ihrem Bruder, der seinen Vampirumhang über den Monitor gelegt hatte, damit sie bloß nicht an den Computer drankam. »Es ist wichtig!«

»Was?«

»Für die Schule. Ich muss rauskriegen, wo ein bestimmter Ort ist und wie man da am besten hinkommt.«

»Und in welchem Fach lernt man so was, bitte schön?«

»Erdkunde!« Jenny schubste Amadi zur Seite und suchte sich die Zugverbindungen nach Schrobsdorf raus. Leider war der Bahnhof dort anscheinend stillgelegt, jedenfalls musste man noch mit dem Bus fahren, eine ziemliche Tour, aber uhrzeitmäßig gerade so zu schaffen, dass sie Samstagabend rechtzeitig wieder zurück sein würden. Jenny schrieb sich alles auf einen Zettel, da kam Sieg hereingeschlichen, sprang auf die Tastatur, verstellte alles, schrieb *drrrrrrrremnzzzzzzwk* und strich schnurrend unter Jennys und Amadis Nasen entlang. Der sprang sofort angewidert zurück. Sein Zimmer war für Sieg verbotene Zone, weil er eine Katzenallergie hatte und auch sofort in einen hysterischen Niesanfall ausbrach.

»Was macht denn das Monster hier?«, schrie er.

Jenny nahm Sieg vorsichtig auf den Arm und trug ihn hinaus. »Monster zu Monster, das ist eben so«, knurrte sie und tröstete den Kater, der sie mit großen, enttäuschten Augen anschaute. »Ich komme gleich, hör einfach nicht auf ihn, er ist ein bisschen tock-tock-tock!«

»Bitte?«, schrie Amadi aus seinem Zimmer und nieste. »Was hast du gesagt?«

Jenny holte sich ihren Zettel, strafte ihn mit Nichtbeachtung und ließ ihn einfach stehen mit seinem Umhang und dem roten Blutfaden, der aus seinem Mund lief, aber nur angemalt war.

Am Samstag wachte Jenny vor dem Wecker auf. Draußen war es gerade erst hell geworden und Sieg rollte sich sauer in dem leeren, warmen Bett zusammen. Um diese Uhrzeit wollte er noch nichts sehen und hören von Jennys wildem Tun.

Die riss sämtliche Klamotten aus ihrem Schrank und verteilte sie in ihrem Zimmer auf dem Boden. Was zog man an, wenn man die unbekannte Mutter seines Freundes besuchte? Nett, aber nicht zu nett, fröhlich bunt, aber nicht schrill, warm, weil Norden, aber nicht total verhüllt. Jenny entschied sich für eine Blümchenstrumpfhose, den kurzen Jeansmini und das T-Shirt mit dem Wappen von irgendeiner amerikanischen Highschool, aber ohne Glitzer. Außerdem natürlich für alle Ketten und die Lederjacke, die sie Amadi abgeknöpft hatte, als er die Rockerphase abgeschlossen hatte. Dabei überlegte sie, wie es Finn gehen musste. Er schmiss sich bestimmt in irgendeinen schicken Fummel und verzichtete das erste Mal in seinem Leben auf den Doofhut. Man will doch bei seiner Mutter einen guten Eindruck machen. Zumindest, wenn man sie nicht kennt.

In der Küche ereilte Jenny beinahe ein Pfefferminzschlag, weil ihr Vater in Unterhose am Tisch saß und Zeitung las. Was machte der denn schon hier?

»Hey, der frühe Vogel fängt den Wurm!« Er grinste sie mit verstrubbelten Haaren über den Zeitungsrand hinweg an.

Jenny holte sich einen Joghurt aus dem Kühlschrank und löffelte ihn im Stehen.

»Was hast du vor?« Ihr Vater faltete die Zeitung zusammen und wollte ihr anscheinend ein Gespräch an die Backe drücken.

»Seifenkiste!«, sagte Jenny nur.

»Gibt es ein Problem?«

»Nein, nein. Aber es ist viel Arbeit und wir haben uns vorgenommen, den ganzen Tag zu nutzen.«

Ihr Vater nickte versonnen vor sich hin. »Sehr recht. Was meinst du, was Udo und ich da damals an Zeit reingesteckt haben. Die Kiste ist wichtig, ich würde mal sagen, 60, wenn nicht 70 Prozent macht das schon aus. Haben wir dann gemerkt, als plötzlich in der härtesten Rechtskurve ...!«

»Entschuldigung, Papa, ich muss los!« Jenny gab ihrem Vater ein Küsschen.

»Ich weiß ja nicht genau, ob du richtig angezogen bist für diese schweren handwerklichen Arbeiten!«, murmelte er und Jenny beschloss, dass sie ihm darauf nicht antworten musste, weil er eh gleich wieder im Seifenkistentraumland verschwand.

Als die Aufzugstür aufging, standen Jana und Zora im Nachthemd darin.

»Einerseits wollten wir Tschüss sagen!«

»Und andererseits viel Glück wünschen!«

»Viel Glück!«

»Kommt zurück!«

»Mit Geschick!«

Sie fuhren mit ins Erdgeschoss und sprachen noch mal alles durch, für den Fall der Fälle, Handys an, Nummern da, Nasen links hoch.

Jenny war viel zu früh am Bahnhof, aber Finn war wohl noch früher da gewesen. Er stand am Bahnsteig, die Hände tief in den Hosentaschen, und sah genauso aus wie immer. Sogar der Doofhut saß da, wo er Finns Meinung nach Tag und Nacht hingehörte: auf seinem Kopf.

»Guten Morgen!«, schmetterte Jenny ihm fröhlich entgegen und Finn grinste schief.

»Morgen.«

Der Zug stand schon bereit, Finn hatte die Fahrkarten gekauft und so stiegen sie Punkt 8 Uhr 30 ein, um sich auf die große Reise zu begeben, die Reise zur Mutter. Sie ließen sich nebeneinander in zwei Sitze fallen, klappten die Armlehne dazwischen hoch und gaben sich die Hand zum Festhalten.

»Ich hab keinen Bissen runtergekriegt heute früh!«, erzählte Finn und so wie er aussah, hatte er wohl auch nicht allzu gut geschlafen. Jenny erzählte ihm irgendeine kleine Geschichte von Sieg, um ihn abzulenken, dann ruckte der Zug irgendwann los und verließ den Heimatbahnhof, die sichere Stadt. Finn starrte aus dem Fenster und Jenny startete den ersten Kontrollanruf bei Jana und Zora.

»Hey, alles klar bei euch? Wir fahren jetzt los!«

»Wir frühstücken noch!«

»Macht nicht allzu lange, nicht, dass ihr noch meinem Vater oder so begegnet. Der denkt ja, ich bin schon längst am Bau!« Sie legte auf, nachdem Jana und Zora pflichtbewusst sofort ihre Brötchen hatten fallen lassen, starrte mit Finn zusammen die vorbeiziehende Landschaft an und war froh. Alles klappte wie am Schnürchen. An der nächsten Station stieg eine Bilderbuchomi ein, setzte sich ihnen gegenüber hin und lächelte sie an.

»Na, ihr zwei, wo soll's denn hingehen?«

»Wir besuchen unsere Oma!«, log Jenny, nachdem ihr Finn sofort mit dem Knie gegen das Bein gehauen hatte.

Die Omi strahlte sie an. »Das ist ja lustig. Und ich besuche mein Enkelchen!« Dann setzte sie ihre Brille auf, zog ein sehr dickes Buch aus ihrer Tasche und vertiefte sich darin.

»Weiß Omi, was du vorhast?«, raunte Jenny Finn zu.

Er schüttelte den Kopf. »Wozu? Charlottchen kommt sie doch ihrer Meinung nach eh jede Woche besuchen. Und jetzt war sie ja sogar wirklich da. Lass uns erst mal sehen, was aus all dem wird!« Einige Zeit später bremste der Zug laut quietschend und kam aus voller Fahrt zum Stehen. Mitten in der Pampa. Kein Bahnhof in Sicht. Kein Grund anzuhalten.

»Was ist denn jetzt?« Finn starrte nervös aus dem Fenster, konnte aber nichts entdecken. Also warten. Jenny kramte Papier und zwei Stifte aus ihrem Rucksack.

»Los, komm, Schiffe versenken!«

»Ich hab Hunger!«

Nach zwanzig Minuten kam die Durchsage: »Wegen eines Gleisschadens verzögert sich unsere Weiterfahrt noch um einige Minuten. Wir bitten um Ihr Verständnis!«

Finn verdrehte die Augen. Jenny versenkte auch noch das größte Schiff und sein Magen knurrte so laut, dass sich keiner gewundert hätte, wenn ein wildes Tier im Waggon mitgereist wäre.

»Hast du was zu essen da drin?« Finn zeigte auf Jennys Rucksack. Die schüttelte den Kopf. Daran hatte sie gar nicht gedacht. Nur an ein paar Glück bringende Steine aus ihrer Sammlung, Schreibsachen und an ihren Geldbeutel, der aber leer war, weil ihre gesamte Habe für die Zugkarten draufgegangen war.

»Ich schau mal, ob ich was auftreiben kann.« Jenny schlenderte in den nächsten Waggon, aus dem lautes Geschrei und Gelächter zu hören war. Klang wie eine Schulklasse und bei der konnte sie doch bestimmt ein paar Chips ergattern.

»Leider verzögert sich die Abfahrt unseres Zuges noch um einige Minuten. Wir bitten Sie um Geduld!«

Jenny schaute auf die Uhr. Also der Bus, den sie nehmen wollten, war schon mal weg. Aber es fuhren ja sicher unentwegt Busse nach Schrobsdorf. Nur die Zeit für Finn und seine Mutter wurde noch knapper, und das war ziemlich ärgerlich.

Die Schüler waren ungefähr in Finns und Jennys Alter,

saßen unter- und übereinander im Waggon verteilt, einige Jungs prügelten sich nur zum Spaß, so wie immer, die Mädchen teilten sich Kopfhörer, hörten zusammen Musik und futterten Zeug aus knisternden Tüten.

»Hey, mein Freund und ich sitzen hier im Zug fest und haben vergessen, was zu essen mitzunehmen. Gebt ihr uns ein bisschen was ab?« Jenny hatte sich für ein Mädchen mit roten Haaren entschieden. Mit denen hatte sie gute Erfahrungen – immerhin waren ihre beiden besten Freundinnen auch rothaarig.

Diese hier schaute Jenny kurz skeptisch an, dann zu ihren Freundinnen, die nur mit den Schultern zuckten, und am Ende hatte Jenny sich vier Chips, zwei kleine Kaubonbons und einen Apfel mit fauler Stelle erkämpft.

»Tut mir leid, Finn, aber das waren echt alle totale Vollidioten, die haben nicht mal ...!« Jenny blieb der Satz im Mund stecken. Da saß Finn und biss gerade in einen knusprigen Hähnchenschenkel. Auf dem Tisch, der zwischen Omi und ihm aufgeklappt war, lag eine rot-weiß karierte Tischdecke, darauf gekochte Eier samt Salz und Pfeffer, Schwarzbrot und auch weiße, kleine Butterflocken im Schächtelchen, Essiggurken und Silberzwiebeln, Wurst und Käse zum Streichen und zum Legen, Cocktailtomaten und, und, und!

Die Omi strahlte Jenny an. »Setz dich, Kind, greif zu,

bevor dein junger Freund da alles aufgefuttert hat. Der scheint ja tagelang nichts gegessen zu haben. Armer Junge!«

Finn grinste und Jenny legte ihre mühsam eroberten Esswaren dazu und haute rein.

»Wisst ihr, ich nehme immer reichlich mit. Man weiß ja nie, was einem zwischendurch so passiert, seht ihr ja, plötzlich bleibt der Zug stehen und nichts geht mehr. Hihi, das sind halt wir Kriegskinder, wir haben lange genug gehungert, wir wissen, wie das ist ... !« Die Bilderbuchoma redete und redete und Finn und Jenny aßen und aßen und eigentlich wäre alles ganz nett gewesen, wenn der Zug nur endlich weitergefahren wäre.

»Sieht nicht gut aus!«, murmelte Finn mit vollem Mund und zeigte auf seine Uhr. »Jetzt stehen wir hier schon zwei Stunden. Von wegen einige Minuten!«

»Einige Minuten kann alles sein. Das können auch Millionen Minuten sein.« Jenny biss in eine saure Gurke und verzog das Gesicht. »Aber noch ist es zu schaffen. Geht bestimmt gleich weiter.«

Mittlerweile wurden auch die anderen Reisenden ungeduldig, liefen aufgeregt herum, löcherten den Schaffner, der nichts wusste und deswegen auch nichts sagen konnte, und telefonierten hektisch. Auch Jennys Handy klingelte. Sie warf Finn einen bedeutungsvollen Blick zu und ging ran. »Ja?«

»Wir wollten nur sagen, dass alles in Ordnung ist. Zora hat gerade ein Loch in den Boden gebohrt für die Lenkung! Und bei euch? Ihr müsstet doch demnächst schon ankommen, oder?«

»Schön wär's. Hier gibt es einen Gleisschaden. Aber in einigen Minuten geht es weiter. Wir halten euch auf dem Laufenden.«

»Schafft ihr das denn dann noch?« Panikjana.

»Locker, wir melden uns!«

Jenny legte auf und zeigte Finn den erhobenen Daumen. Alles in Butter zu Hause. Sie halfen der Oma, die wenigen Reste wieder ordentlich zu verstauen, und lehnten sich in ihre Sitze zurück. Immerhin haben wir keinen Hunger mehr, dachte Jenny, als der Schaffner mit vertrockneten Entschuldigungspralinen herumging. Das wird schon alles. Kann ja nicht sein, dass die so lange brauchen, um ein popeliges Gleis zu reparieren. Sie schielte zu Finn rüber. Er hatte die Augen zu und war eingeschlafen. Gut so, dachte Jenny und schob ihm vorsichtig den Doofhut ein bisschen tiefer ins Gesicht. Dann ist er nachher satt und ausgeschlafen und fällt nicht direkt in Ohnmacht, wenn er seine Mutter sieht. Aufregend würde das werden. Sehr aufregend ...

Finn und Jenny schreckten aus dem Schlaf, als ein Ruck durch den Zug ging und er endlich wieder losfuhr. Jenny drückte Finns Hand. »Na bitte, weiter geht's!« Dann schaute sie auf die Uhr. Es war halb fünf am Nachmittag. Sie würden auf gar keinen Fall rechtzeitig wieder zu Hause sein.

Telefonitis

»Jana? Hi, hier ist Jenny. Gib mir mal Zora.«

»Warum? Ist was passiert?«

»Ja.« Jenny hielt das Handy zu und wandte sich an Finn. »Besser Zora, Jana macht sich doch nur gleich in die Hose und alles komplizierter, als es ist.«

Finn schaute sie ernst an. »Hat doch keinen Sinn, Jenny. Wir steigen an der nächsten Station aus und nehmen den Zug zurück. Vielleicht können wir das noch schaffen!«

»Jenny, was ist?«

»Zora. Der Zug ist jetzt erst wieder losgefahren, aber wir wollen trotzdem unbedingt nach Schrobsdorf.«

»Ja, aber dann schafft ihr das nie, wieder rechtzeitig hier zu sein.«

»Eben. Deswegen müsst ihr uns helfen. Also, folgende Geschichte: Wir hatten plötzlich die Superidee, dass wir doch heute mal in der Hütte auf dem Brachland übernachten könnten. Weil es Glück bringt fürs Rennen oder wir unsere Kisten bewachen wollen oder weil Wochenende ist und wir eine Gruselparty machen wollen, egal. Wir brauchen ein Alibi für die Nacht. Ihr müsst jetzt alle eure Eltern fragen, strengt euch an, kriegt sie irgendwie rum, ich ruf meine an und wenn wir das Okay haben, sagt Finn seinem Vater Bescheid. Verstehst du?«

»Ist ja nicht so schwierig. Wir müssen es irgendwie hinkriegen, dass ihr die Nacht auch noch wegbleiben könnt, ohne dass es jemand merkt.«

»Bingo!«

»Okay, wir melden uns, wenn wir mehr wissen.«

»Zora, danke. Lasst euch nicht abwimmeln!«

Finn vergrub sein Gesicht in den Händen und schüttelte den Kopf.

»Hallo?«

»Gib mir Papa, Amadi.«

»Also, das heißt: Hallo, mein lieber Bruder, hier spricht Jenny. Würdest du mir bitte mal Papa geben.«

»Okay. Gib her!« Jenny verdrehte die Augen und die Omi von gegenüber reichte den beiden Bonbons.

»Elberfeld?«

»Hallo, Papa, hier ist Jenny.«

»Jenny! Gibt's ein Problem mit der Seifenkiste? Braucht ihr Hilfe? Soll ich kurz rüberkommen?«

»Nein, nein, bleib im Sessel, alles gut. Ich wollte nur fragen, ob ich heute hier übernachten kann.«

»Im Freien?«

»Klar. Wir wollen eine Gruselnacht machen, das soll Glück bringen fürs Rennen. Bitte, Papa, die anderen dürfen auch alle.«

»Hm, ich weiß nicht. Ist das nicht gefährlich?«

»Quatsch. Wir sind zu siebt, davon vier starke Männer. Ich bitte dich!«

»Starke Männer, soso. Das müsste ich eigentlich erst mit deiner Mutter besprechen, die ist aber gerade los nach Bayern zu ihrem Konzert.«

»Das musst du wirklich nicht mit Mama besprechen. Es wird nichts passieren, ich melde mich auch noch mal vor dem Einschlafen. Papa ... Papili!«

»Papili, Papili. Also gut. Aber du rufst an!«

»Danke, klar, mach ich. Küsschen!«

Jenny strahlte zu Finn rüber. Dann starrte sie auf ihr Handy und wartete ungeduldig auf den Anruf von Zora.

»Unser nächster Halt ist Hanstedt. Umsteigemöglichkeiten nach ...!«

»Das wäre die Gelegenheit!« Finn schaute Jenny mit hochgezogenen Augenbrauen an. Da zog sie ihre auch hoch, ging ganz nah ran an sein Gesicht und schaute ihm tief in die Augen.

»Willst du deine Mutter kennenlernen oder nicht?

Wenn ja, dann steigen wir jetzt hier nicht aus, sondern kriegen das irgendwie hin. Läuft doch alles wie am Schnürchen!«

Das Handy klingelte. Jenny rührte sich nicht. Schaute Finn nur an. Sie brauchte jetzt eine Entscheidung, und zwar von ihm. Finn zog die Nase hoch, nickte und lehnte sich zurück.

»Zora, und, alles klar?«

»Die Jungs dürfen, kein Problem. Meine Mutter will sich erst noch mit deiner besprechen. Wie sieht's da aus?«

»Mama ist nicht da, aber Papa hat's erlaubt. Sollte also kein Thema sein. Was meinst du? Können wir Herrn Fröbes schon anrufen oder sollen wir noch auf das Okay von eurer Mutter warten?«

»Ruft ruhig an, das kriegen wir schon hin.«

Jana sagte irgendwas im Hintergrund.

»Was ist?«

Zora stöhnte übertrieben. »Jana meint, dass das doch dann einerseits ziemlich dunkel wäre!«

»Andererseits kann Orhan sie doch beschützen! Meldet euch, wenn alles klar ist, ja?«

Jenny legte auf und nickte Finn zu. Jetzt war er dran. Umständlich fingerte er sein Handy aus der Hosentasche, als würde es leichter, wenn man es später machte.

»Fröbes-Bau, Fröbes, was kann ich für Sie tun?«

»Papa, ich bin's, Finn. Hör mal, ich hab zwei Fragen.«

»Machs kurz, bin gerade im Kundengespräch.«

»Okay. Kann man Metallschrauben auch für Holz verwenden und darf ich heute Nacht mit den anderen in der Hütte übernachten?«

»Ja und ja!«

»Okay, ich melde mich dann noch mal.«

»Gut. Mach keinen Blödsinn.«

Aufgelegt. Finn zuckte mit den Schultern Richtung Jenny und grinste schief. »Ich wusste gar nicht, wie raffiniert du bist.«

»Oh, das war eine meiner leichteren Übungen!«

Die nette Bilderbuchoma stieg in Hanstedt aus, schenkte ihnen noch zwei Müsliriegel und wünschte viel Glück, obwohl sie nicht ganz verstanden hatte, um was es ging. Jenny und Finn fuhren weiter. Nach ungefähr zehn Minuten dauerte Jenny das viel zu lang mit dem Rückruf von Zora.

»Hi. Und?«

»Mama wollte sich gleich melden. Hat sie aber noch nicht. Wie sieht es bei Finn aus?«

»Alles rosa!«

»Niemals!«, schrie Finn dazwischen.

»Erlaubnis eingeholt.«

»Okay. Wir werden natürlich wirklich hier übernachten, die Jungs sind total begeistert und haben sofort aufgehört, an ihrer Kiste zu arbeiten, um Gruselstimmung herzustellen. Übrigens, unsere Kiste heißt Rosamobil, wenn du nichts dagegen hast … oh warte, es piept dazwischen … Moment!«

Jenny wiegte den Kopf zu Zoras Pausenmusik. Dann war plötzlich Jana dran.

»Hör mal, Jenny, ich bin mir nicht so sicher, ob das eine gute Idee ist. Ich meine, was machen wir denn, wenn Finns Papa hier auftaucht und ihr zwei seid nicht da?«

»Uh, Jana, das wird nicht passieren. Und wenn, sind wir eben gerade Gänseblümchen pflücken oder was zu trinken holen. Da fällt euch schon was ein!«

»Du hast leicht reden! Wo wollt ihr eigentlich übernachten?«

»Bei Finns Mama natürlich. Wir fahren da mit dem Bus hin und dann wird alles gut. Alles wird gut, Jana! Was hat eure Mutter denn jetzt gesagt?«

»Sie hat's erlaubt. Schweren Herzens.«

Jana

Ich hasse das, Mama anzulügen, echt. Mach ich jetzt nur für Finn, weil ich mir ein Leben ohne Mutter nicht vorstellen kann. Klar, weil wir nur Mama haben, und wenn die nicht wäre, weiß ich auch nicht, dann würde uns keiner leckere Thunfischsandwiches machen oder uns Geschichten erzählen, jeden Abend, obwohl sie todmüde ist und den ganzen Tag an der Kasse gesessen hat, um genügend Geld für uns zusammenzukriegen.

»Wir müssen uns aufeinander verlassen können, immer, sonst funktioniert das nicht!« Hat sie recht. Deswegen lüge ich sie nicht gerne an. Zora meint, es wäre doch die Wahrheit, wir würden ja wirklich hier schlafen, aber jetzt mal ehrlich, würden wir ja nicht, wenn Finns Mutter nicht plötzlich wieder aufgetaucht wäre. Und ich bin auch nicht besonders scharf drauf. Vielleicht können die das ja ohne mich machen und ich geh nach Hause und kuschle mich zu Mama ins Bett. Das ist

groß und sehr weich und ich bin sicher, dass nur Mamabetten so weich sind. Na ja, ich weiß schon, das wird nicht gehen. Mitgefangen, mitgehangen.

Papa, sei still!

Als Jenny und Finn an der allerletzten Haltestelle im alerallerletzten Ort der Welt aus dem Zug sprangen, war es 19 Uhr 32 und sie sahen nur noch die Rücklichter des alleralleralerletzten Busses nach Schrobsdorf. Da konnte Jenny noch so wild winken!

»So ein Mist!« Sie feuerte ihren Rucksack gegen die Stange, an der ein vergilbter Fahrplan in Plastikfolie hing. »Und jetzt?«

Finn schaute sich um. »Kannst du mir mal verraten, was einen hierher verschlägt?«

Außer dem Bahnhof und einem schiefen Schild, auf dem Bushaltestelle stand, war weit und breit nichts. Und weit und breit konnte man ziemlich gut sehen, kein einziger Hügel, alles flach.

Jenny sammelte ihren Rucksack wieder ein, warf ihn sich über die Schulter und zog die Nase hoch. »Gut, dann gehen wir eben zu Fuß. Kann ja nicht sooo weit sein. Außerdem hab ich mir eh den Hintern platt gesessen.«

»Weißt du denn, wo's langgeht?«

»Erst mal dem Bus hinterher und dann könnte ja vielleicht auch mal irgendwann ein Schild kommen!«

Jenny und Finn stapften die gerade Straße durch die platte Landschaft entlang und sagten nicht viel. Eine kleine SMS von Zora erinnerte sie daran, dass es noch eine zivilisierte Welt gab, wo Leute Seifenkisten bauten und ein Haus neben dem anderen stand. Bei denen war alles okay.

»Eigentlich ist es doch so, als würde ich eine ganz fremde Person treffen«, sagte Finn, als die Sonne langsam am Horizont versank. »Ich meine, wenn das jetzt eine wäre, die Sabine heißt und nur behauptet, Charlotte zu sein, dann würde ich mein ganzes Leben lang glauben, Sabine wäre meine Mutter.«

Jenny nahm seine Hand. »Glaub ich nicht. Du hast doch ihren Geruch erkannt! Das spürt man!«

»Und wenn. Wir haben nichts gemeinsam. Keine Ereignisse, an die wir uns erinnern können, wie zum Beispiel Weihnachten, als ich das abgewrackte Schaukelpferd von meinen Brüdern bekommen habe oder irgend so was.«

»Macht denen das eigentlich gar nichts aus?«

Finn zuckte mit den Schultern. »Sie sprechen nicht

darüber und sie lassen sich nichts anmerken. So wie mein Vater. Wenn es ihnen was ausmacht, dann nur irgendwo ganz im Geheimen.«

Es wurde immer dunkler und ziemlich kühl. Jenny zog den fetten Reißverschluss ihrer Lederjacke zu und Finn lieh ihr seinen Doofhut.

»Sonst kriegst du noch eine Kopferkältung!«, grinste er und legte den Arm um sie. »Danke, dass du das alles für mich machst!«

Jenny befreite sich und hüpfte vorneweg. »He, werd jetzt bloß nicht irgendwie romantisch. Hast du schon gemerkt? Hier gibt's nicht mal Straßenlaternen. Und es ist noch kein einziges Auto vorbeigekommen.«

Sie hüpften ein bisschen gemeinsam, um warm zu werden und schneller voranzukommen, mussten das aber schon bald wieder aufgeben, weil sie die Hand vor Augen nicht mehr sehen konnten.

»Das ist jetzt irgendwie nicht mehr komisch!«, meinte Jenny und versuchte mit ihrem spärlichen Handylicht in die Ferne zu leuchten. »Da hinten steht ein Haus oder so was!«

»Mach dein Handy aus, das brauchen wir noch, du weißt schon!«

Sie verließen die befestigte Straße an einem weiteren Schild, auf dem *Bushaltestelle* stand, und stapften über ein Feld in Richtung rettendes Häuschen.

»Wahrscheinlich sitzen die gerade alle um den Tisch und essen warmen nordischen Eintopf, von dem sie viel zu viel gekocht haben, weswegen sie sich total freuen, dass wir ausgerechnet heute an die Tür klopfen und mächtig Hunger haben.« Jenny lief das Wasser im Mund zusammen.

»Ja, und wie praktisch, die beiden ältesten Söhne sind ausgeflogen, weswegen zwei superweiche, warme Betten leer stehen, die wir nur allzu gerne besetzen dürfen.«

Es war eine Scheune. Kein Tisch, kein Bett, kein Licht, kein Mensch. Aber die Tür war nicht verschlossen und innen alles voller Stroh, von dem sie zumindest gelesen hatten, dass es warm halten kann. Und: Es gab eine kleine Glühbirne, die an der Decke hing und ein trübes Licht abgab, als Finn einfach mal auf den Schalter drückte.

»Das ist jetzt aber mal wirklich romantisch!«, grinste er.

Jenny ließ sich ins Stroh fallen, wippte sofort wieder zum Sitz zurück und kramte die beiden Müsliriegel von der Bilderbuchoma aus ihrem Rucksack. »Immerhin!«, meinte sie, klopfte aufs Stroh, Finn setzte sich und sie kauten sehr langsam auf ihrem kargen Abendbrot herum.

»Weißt du was?«, überlegte Finn. »Wir schlafen jetzt ganz schnell. In solchen Käffern kommt der Bus immer sehr früh und den sollten wir morgen unbedingt erwischen.«

Er stand auf und machte Kuhlen ins Stroh, sie kuschelten sich nebeneinander und dann hatten sie vergessen, das Licht auszumachen.

»Hast du keine Fernbedienung, Schatz!«, kreischte Jenny, lachte sich halb tot, sprang aus dem Strohbett, knipste die Funzel aus und bekam eine SMS: *Hilfe, Jenny, hier sind echte Geister!* Jenny grinste und legte sich neben Finn. »Sehr witzig!«

Wieder eine: *Die Geister sind Amadi und Dein Vater.*

»Mist!« Jenny machte das Licht wieder an. »Ich hab vergessen, ihn anzurufen. Was machen wir jetzt?«

Finn saß senkrecht im Stroh, schnappte sich seinen Doofhut und setzte ihn auf, damit ihm der Himmel nicht auf den Kopf fiel oder sonst irgendwas. »Wir können nichts machen, vielleicht kriegen sie es ja noch mal umgebogen!«

SMS: *Amadi ist in die Seifenkiste von den Jungs gefallen. Kaputt und Amadi jammert. Wir müssen uns stellen!*

Jenny und Finn schauten sich an.

»So ein Trottel!«, schimpfte Finn. »So ein Mist!«

Jenny ließ sich, das Handy fest in der Hand, ins Stroh fallen und wartete.

»Die gehen jetzt raus, meine Eltern merken, dass ich nicht da bin. Was also sagen sie?«

»Dass wir gerade noch was besorgen, oder?«

»Aber was und wo um diese Uhrzeit? Das glauben die doch nie.«

»Und wenn sie es glauben, dann setzen sie sich hin und warten, bis du wieder da bist!«

»Da können sie lange warten!«, murmelte Jenny finster. Ihr Handy klingelte. »Ja?«

»Jenny, hier spricht dein Vater. Wo bist du?«

Jenny riss die Augen auf, setzte sich auf und starrte Finn panisch an.

»Mit Finn unterwegs, noch was besorgen!«

»Lüg mich nicht an!«, schnauzte ihr Vater. »Wo bist du?«

»Bei Schrobsdorf in einer Scheune. Es ist alles gut, Papa!«

Sie hielt das Handy weit weg vom Ohr, weil ihr Vater jetzt ziemlich laut wurde und Finn locker mithören konnte. Wo Schrobsdorf sein soll, warum sie ihm nicht die Wahrheit gesagt hat, was sie da überhaupt macht und außerdem die genaue Adresse, er fährt jetzt nämlich sofort los und holt sie da raus. »Diesmal bist du echt zu weit gegangen, mein Kind!«

Finn vergrub sein Gesicht in den Händen. »Bitte nicht, nicht jetzt. Jetzt haben wir's fast geschafft!«, flüsterte er.

»Und Finns Vater muss ich natürlich auch ins Bild setzen!«, schrie Jennys aufgebrachter Papa noch nach und da ließ Finn sich einfach nach hinten ins Stroh fallen, um den Todesstoß zu erwarten.

Jenny hörte ihrem Vater nur mit halbem Ohr zu. Fieberhaft überlegte sie, was zu tun war, wie sie ihn überzeugen konnte, sie suchte nach einer Idee. Und entschied sich für die Wahrheit. »Papa, jetzt sei doch mal still!«

»Ich frage dich, Jenny, wie das gehen soll, das ist doch nun wirklich nicht zu fassen … !«

»Sei still und lass es mich erklären!«, schrie Jenny. Anders konnte sie ihn anscheinend nicht erreichen. Es funktionierte. Ihr Vater sagte nichts mehr und hörte zu, wie sie ihm alles erzählte. Jenny ließ nichts aus, auch nicht, dass sie das alles gegen den Willen von Finns Vater taten.

»Es geht nicht anders, Papa! Finn muss seine Mutter sehen. Kannst du das irgendwie verstehen?«

Am anderen Ende war es eine Weile still. Das war kein gutes Zeichen, aber immerhin ein Hinweis darauf, dass Papa nachdachte und nicht mehr ganz so wütend war. Finn stützte sich auf seine Ellenbogen und schaute Jenny fragend an.

»Papa?«

»Ja, ich bin noch da. Kannst du dir nur im Ansatz vorstellen, in welchen Konflikt du mich da gerade bringst? Ich bin für dich verantwortlich und kann dich doch nicht mitten in der Nacht irgendwo in Deutschland alleine in einer Scheune sitzen lassen.«

»Finn ist auch da.« Jenny zögerte, dann entschied sie sich kurzerhand um. Von der Wahrheit zur Lüge. Kleine Lüge. Notlüge. »Und nebenan wohnt der Bauer, der hat uns das erlaubt.«

»Jenny?«

»Ja?«

»Wirklich?«

»Willst du ihn sprechen?« Jenny hielt die Luft an. Das war riskant. Ihr Vater überlegte. Viel zu lange. Jenny starrte Finn an und der starrte zurück.

»Nein, der schläft ja bestimmt schon. Pass auf: Du gibst mir jetzt die Adresse von Finns Mutter und da hole ich euch morgen Mittag ab. Du hältst mich auf dem Laufenden, ich will immer wissen, wo ihr seid. Ist das klar?«

Jenny grinste. »Klar!«

Finn gab ihr schnell die Postkarte mit der Adresse und Jennys Papa notierte.

»Ich weiß nicht, ob das richtig ist, aber jetzt machen wir es so. Pass auf dich auf, Jenny!«

»Mach ich. Papa?«

»Hm?«

»Danke!« Jenny legte auf, ging wortlos zum Lichtschalter und knipste die Glühbirne aus. Dann legte sie sich neben Finn ins Stroh. Ganz nah. Gesicht an Gesicht, ohne ihn zu sehen. »Gerade noch mal gut gegangen«, flüsterte sie.

»Du hast ziemlich gelogen!«

»Aber nur ziemlich«, flüsterte Jenny. Sie hatte selber ein kleines schlechtes Gewissen. Welcher Vater auf dieser Erde hätte so reagiert wie ihrer? Er vertraute ihr und sie log ihn an. »Ich glaube, sonst wäre er echt losgefahren!«

»Wahrscheinlich noch in eurer rosaroten Seifenkiste!«

Jenny kicherte.

»Unsere hat dein blöder Bruder ja wohl plattgemacht!«

»Weil er wieder irgend so eine bekloppte Monstermaske aufhatte und vergessen hatte, die Augenschlitze reinzuschneiden.«

Finn kicherte.

»Na ja«, seufzte Jenny, »das gibt auf jeden Fall Ärger.«

Finn legte den Arm um sie.

»Wichtig ist nur, dass wir es schaffen!«, murmelte Jenny.

Dann schliefen sie ein.

Des Glückes Schmied

Jenny wachte von einem lauten Hupen auf. Erst wusste sie gar nicht, wo sie war. Sonnenstrahlen fielen durch lose Dachziegel, Staub tanzte in der Luft und es roch frisch und nach Morgen. Neben ihr lag Finn, den Doofhut über dem Gesicht, und schnarchte ganz leise. Okay. Sie waren in einer Scheune am Ende der Welt und draußen hatte es gehupt. Wer hupt? Autos. Oder ein Bus. Bus? Bus!!!!!

Jenny war sofort auf den Füßen. »Finn, schnell aufwachen, da draußen ist der Bus nach Schrobsdorf, zack, zack, raus aus der Kuhle!«

Finn schreckte hoch, sie rafften ihre wenigen Sachen zusammen und rannten los. Wieder sahen sie den Bus nur noch von hinten, aber jetzt spurtete Jenny hinterher, winkte mit beiden Armen und schrie sich die Seele aus dem Leib. »Haaaaaaaalt! Anhalten!«

Diesmal wurde sie bemerkt, die roten Bremslichter leuchteten auf und Jenny und Finn kamen noch mit.

»Nächstes Mal pünktlich an der Haltestelle!«, mahnte der Busfahrer mit erhobenem Zeigefinger und studierte die Zugfahrkarten, die Jenny ihm unter die Nase hielt. »Wir sind hier streng im Zeitplan.« Mit den Karten durften Jenny und Finn weiterfahren.

Außer ihnen war keine Menschenseele im Bus.

»Hm, den Zeitplan braucht er aber auch nur für sich selbst«, flüsterte Finn und ließ sich auf die weiche Sitzbank fallen. Jenny machte es sich neben ihm bequem und rief erst mal ihren Vater an, damit der wusste, dass alles gut war und sie gesund und einigermaßen munter auf dem Weg nach Schrobsdorf waren. Finn versuchte unterdessen seine Haare glatt zu kriegen und rubbelte sich mit dem Zeigefinger über die Zähne. »Ziemlich ungezogen, seine Mutter ungewaschen und nicht gekämmt zu besuchen«, knurrte er und weil das mit den Haaren nicht klappte, musste doch der Doofhut wieder herhalten.

»Okay Papa ... ja ... ja, mach dich auf den Weg ... wir können aber auch mit dem Zug ... nein, gut, bis dann. Gib uns ein bisschen Zeit, ja?«

Der Bus tuckerte durch die Landschaft, in der Kühe Fliegen mit dem Schwanz wegwedelten und die Häuser nur ganz kleine Fenster hatten.

»Nächste Station Schrobsdorf«, schnarrte der Busfahrer in sein Mikrofon und Jenny drückte Finns Knie.

»Wir sind da!«

»Sieht ganz so aus«, murmelte der und keiner von beiden hatte bis dahin gemerkt, dass sie noch nichts gefrühstückt hatten.

Schrobsdorf bestand aus einigen Häusern, einer Kirche und einem kleinen Tante-Emma-Laden mit Bäckerei, der sogar sonntags geöffnet hatte.

»Komm, wir kaufen uns ein Brötchen, sonst werde ich direkt ohnmächtig, ohne meine Mutter gesehen zu haben«, schlug Finn vor. Die dicke Frau im Laden war neugierig. Was wollten zwei Kinder alleine in Schrobsdorf?

»Wir suchen Charlotte. Charlotte Steinbach«, sagte Jenny, während Finn die letzten Münzen aus seiner Hosentasche zusammenkramte und zwei Brötchen ohne was drauf bezahlte. Die dicke Frau zog die Augenbrauen hoch.

»Ah, die Charlotte. Nette Person, wirklich, ein bisschen merkwürdig, aber sie fügt sich ein, kann man nicht anders sagen, langsam ... !«

»Könnten sie uns verraten, wo wir sie finden?«, unterbrach Jenny sie und Finn stopfte sich das erste halbe Brötchen in den Mund. Er war ziemlich blass.

»Na, die wohnt im alten Meierhof. Wenn man das wohnen nennen kann. Aber gut, jeder ist seines Glückes Schmied, sage ich immer!«

»Und wo finden wir den?«, fragte Jenny schnell. Sie hatte nicht die geringste Lust, die Meinung der dicken Frau zu hören.

»Immer die Straße runter«, antwortete die Bäckerin.

»Danke«, sagte Jenny und zog Finn mit sich nach draußen.

Dort setzte er sich auf eine kleine Mauer und verschlang die nächste Brötchenhälfte.

Jenny dagegen konnte keine Sekunde ruhig sitzen und lief stattdessen vor ihm auf und ab. »Findest du, wir haben genug Zeit, hier noch rumzusitzen? Du solltest jede Minute nützen!«

Finn schaute sie an. »Nach so vielen Jahren kommt es auf ein paar Minuten auch nicht mehr an. Echt, Jenny, ich hab Hunger und … lass mich noch ein bisschen Luft holen, ja?«

Jenny riss sich eine Ecke vom zweiten Brötchen ab und reichte ihm den Rest.

»Keinen Hunger?«

Sie schüttelte den Kopf. In ihrem Bauch tanzten die Schmetterlinge. Sie war fürchterlich aufgeregt. Wie musste es da erst Finn gehen? Während sie kaute, brachte sie Ordnung in ihre Ketten, die sich im Stroh ziemlich verknotet hatten, dann nahm sie das Lederband mit dem Smaragd, der eigentlich eine Glasscherbe war, und hängte es Finn um den Hals. Ohne Worte.

Dafür redete Finn auf dem Weg nach unten in einem durch. Als könnte er seine Angst wegplappern. »Bin ja gespannt, ob sie noch so schön ist, ich finde, die sah früher echt gut aus, oder finde ich das nur, weil sie meine Mutter ist, keine Ahnung, vielleicht ist das so wie umgekehrt. Mütter halten doch ihr Baby auch immer für das allerschönste, egal ob es eine Schweinsnase und Segelohren hat oder nicht, verstehst du mich? Ich meine, jetzt ist sie ja auch schon ein bisschen älter geworden, genauso viel älter wie ich, ziemlich genau, obwohl, es gibt auch ältere Frauen, die ganz gut aussehen, deine Mutter zum Beispiel, die hat doch noch was …!« Kurze Pause. »Obwohl, ist ja auch total egal, wie sie aussieht, echt, jetzt wollen wir erst mal sehen, ob sie überhaupt da ist, aber wenn sie nicht da wäre, dann hätte die dicke Ladenfrau uns das schon gesteckt. Auf jeden Fall lebt sie immer noch hier und ist nicht ganz so wie die anderen, aber anscheinend glücklich, sonst würde man das doch auch nicht aushalten, dass die dauernd so hinter vorgehaltener Hand über einen herziehen.« Pause. »Jenny?«

Jenny war die ganze Zeit neben ihm hergelaufen und hatte ihm zugehört. »Ja?«

»Meinst du, sie wird mich mögen?«

»Also, erstens ist sie deine Mutter und wie du schon sagst, Mütter mögen ihre Kinder immer.«

»Mütter, die ihre Kinder verlassen haben, vielleicht nicht.«

»Sie hat deinen Vater verlassen. Nicht dich. Und zweitens kann man gar nicht anders, als dich zu mögen, ehrlich, ich weiß, wovon ich spreche!« Jenny nahm seine Hand, sie bogen um eine Kurve und sahen den alten Meierhof. Finn zog die Postkarte raus und verglich das eingekreiste Haus mit dem, vor dem sie jetzt standen. Sie waren da.

Es war ein Vierseithof, den man durch ein großes Tor betrat. Im Innenhof rannten aufgeregte Hühner herum, ein Hund lag in der Sonne und hob nicht mal den Kopf, als Jenny und Finn in der Mitte stehen blieben. An den Häusern rechts und links hingen Schilder: *Werkstätten*, *Ponyreiten*, *Restaurant* und *Café*. Hier standen Stühle und Tische draußen unter einem riesigen grünen Schirm.

»Puh, das ist ein ziemlich großer Betrieb!«, schnaubte Jenny ehrfurchtsvoll.

Von irgendwoher kam Musik. Ziemlich laut, irgendwas Klassisches. Finn steckte seine Hände in die Hosentaschen. Er war käseweiß. »Ist wohl keiner da«, murmelte er.

»Stimmt, deswegen ist ja auch Musik an!«

Jennys Handy klingelte.

»Zora, jetzt nicht.«

»Hey, ich muss dich dringend was fragen wegen der Seifenkiste.«

»Hey zurück, wir stehen gerade vor der Haustür von Finns Mutter.«

»Ach, entschuldige, ich melde mich später.«

Finn war der Musik gefolgt und einige Schritte in den Hof gegangen. Ein Tor zu den Werkstätten stand offen und er versuchte einen Blick zu erhaschen. Dabei wäre er fast auf ein Huhn getreten, das sofort wütend auf seinen Schuh einhackte.

Jenny folgte ihm.

In der Werkstatt stand eine Frau. Sie trug eine blaue, viel zu große Latzhose und kehrte ihnen vor einer riesigen Statue aus Stein, an der sie herummeißelte, den Rücken zu. Dabei wiegte sie sich zur Musik, sodass der kleine Zopf am Hinterkopf ein bisschen hin und her wippte.

»Mama!«, flüsterte Finn.

Die Frau hielt inne, lauschte kurz, dann drehte sie sich um.

Es war seine Mutter, eindeutig, sie sah genauso aus wie er oder er wie sie. Jenny beobachtete die beiden, wie sie sich anschauten. Keine Bewegung. Selbst die Hühner staunten und hielten einen Moment still.

Dann kam Bewegung in Charlotte. Sie legte den Hammer und den Meißel weg, wischte sich die Hände an ihrer Hose ab und ging langsam auf Finn zu, bis sie nur noch einen Meter entfernt vor ihm stehen blieb. Zwei genau gleiche Augenpaare schauten sich an.

Der Hund stand auf und lief schwanzwedelnd zu Charlotte, als hätte er das Gefühl, Beistand leisten zu müssen. Jenny trat näher neben Finn. Gleiches Gefühl.

»Finn?« Charlottes Stimme klang tief und heiser.

Finn nickte und zog das Halstuch aus seiner Hosentasche. Ihr Halstuch. Da machte sie den letzten Schritt und nahm seine beiden Hände in ihre, während ihr die Tränen über die Wangen liefen.

Charlotte

Das ist Finn. Mein Sohn. Steht einfach da und ist so groß geworden. Endlich. Meine Güte, wie viel Mut muss es ihn gekostet haben. Ich hab mich nicht getraut. Er schon. Finn, mein Sohn. Es tut mir alles so leid.

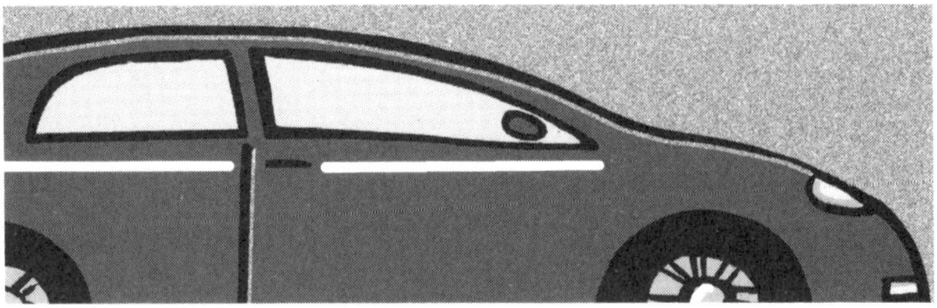

Ohne Speck

Charlotte öffnete das Café heute früher als sonst. Für Finn und seine nette Freundin.

»Und du bist also Jenny?«

Jenny wischte die Tische ab, klappte die Stühle auf und faltete Servietten. Sie war froh, dass sie etwas tun konnte.

»Ja, Finn und ich, also, wir mögen uns ganz gern!«

Charlotte lächelte, verteilte drei Teller und eilte dann wieder rein, um Kakao zu machen. Mit Milchschaum und allem Zipp und Zapp. Finn brachte ein Tablett mit allen möglichen Köstlichkeiten, die er auf Charlottes Anweisung aus dem Kühlschrank gezogen hatte.

»Mögt ihr Rührei?«

»Ja!«, schrien Jenny und Finn im Chor nach drinnen und fühlten sich wie zwei verhungerte Waisenkinder, die endlich jemanden gefunden hatten, der sich um sie kümmerte. Finns Mutter.

»Aber nur ohne Speck!«, fügte Finn noch hinzu.

»Mag ich auch nicht.« Seine Mutter, die hinter der Theke stand, lächelte ihn an.

Jenny und Finn setzten sich unter den großen grünen Sonnenschirm.

»Du siehst ziemlich glücklich aus!«, sagte Jenny.

Finn presste die Lippen aufeinander, nickte leicht, zog seinen Doofhut ab und legte ihn neben sich auf den Stuhl. »Ich bin einfach nur froh, dass sie sich gefreut hat.«

Charlotte kam mit dem Rührei, setzte sich und wünschte einen guten Appetit.

Jenny haute mächtig rein und es war ihr auch echt egal, dass Finn und seine Mama nur in ihrem Ei herumstocherten. Sollten die jetzt machen, was sie wollten, sie hatte Hunger.

»Wo habt ihr euch denn kennengelernt?«, fragte Charlotte und schnitt ein Brötchen in zwei Hälften, nur so, falls jemand eine wollte und um was zu tun zu haben.

»Och, eigentlich unter einem Baum«, redete Jenny mit vollem Mund los. »Finn hat den großen Macho gespielt, bis ich raufgeklettert bin.«

Finn grinste. »Am Ende musste die Feuerwehr kommen!«

Jenny schnippte ein Stück Rührei mit ihrer Gabel in seine Richtung.

»Klingt ziemlich aufregend«, sagte Charlotte. »Nett von dir, Jenny, dass du Finn begleitet hast.«

Jenny nickte. »Yep, macht glatt noch ein bisschen mehr Spaß, mit Finn durch die Weltgeschichte zu reisen, als an der Seifenkiste herumzupinseln.«

Charlotte zog die Augenbrauen hoch. »Ihr baut eine Seifenkiste?«

»Na ja, wir machen nächsten Mittwoch beim großen Seifenkistenrennen mit. Wir wollen das Geld gewinnen, 155,55 Euro gibt's da, und die ...!«

Finn stieß Jenny unter dem Tisch an und warf ihr einen warnenden Blick zu. Seine Mutter musste ja nun wirklich nicht gleich erfahren, wozu sie das Geld brauchten. »... die hauen wir dann alle gemeinsam auf den Kopf!«

»Witzig. Das habe ich auch mal mit einer Freundin gemacht. Allerdings waren Mädchen da gar nicht gerne gesehen und wir mussten uns ziemlich ranhalten und alles heimlich machen und so. Am Ende sind wir immerhin Zweite geworden. Zum Ärger aller starken Männer!«

»Mit Birte?«, rutschte es Jenny raus und da bekam sie den nächsten Vernichterblick von Finn.

»Ihr kennt Birte?«

Finn legte die Postkarte auf den Tisch. »Hat uns ihre komische Tochter gegeben. Ehrlich, Birte hat dich nicht verraten, keinen Ton.«

Charlotte lächelte ihn an. »Und wenn, letztendlich wäre ich ihr nur dankbar gewesen. Ich bin sehr froh, dass du gekommen bist, Finn.«

»Ja ... und weißt du, was das Blöde ist? Unsere Seifenkiste ist kaputt, zerstört von Jennys tollpatschigem Bruder. Wir treten nämlich gegeneinander an, Jungs gegen Mädels.«

»Na ja, das kriegt ihr ja bis dahin vielleicht noch mal hin.«

Finn rupfte den Brötchenknödel aus einer oberen Hälfte und presste ihn ganz klein zusammen. »Warum bist du nicht auch zu uns gekommen, als du da warst?«

Jenny belegte sich ein Brötchen mit Käse, Schinken, Gurke und Senf und zwang sich dazu, ab jetzt den Mund zu halten, indem sie ihn ganz vollmachte.

»Ich hab mich nicht getraut. Wenn ich gewusst hätte, dass dein Vater nicht da ist – aber so ... Ich bin mir ziemlich sicher, dass er mir nicht verziehen hat.«

Finn nickte.

»Deswegen habe ich ein bisschen vor dem Haus gewartet und gedacht, vielleicht kommt mal einer von euch raus oder so ... !«

»Ich hab dich gesehen!«

Charlotte rieb sich die Nase und nickte. »Schade ... aber jetzt bist du ja hier! Wie geht es deinen Brüdern?«

»Janne und Lars arbeiten bei Papa mit. Irgendwann

werden sie das Geschäft übernehmen. So ist es geplant. Von Papa!«

»Haben sie mal nach mir gefragt oder irgendwas gesagt?«

Finn schüttelte den Kopf. »Du bist tabu. Bei uns wird nicht über dich gesprochen. Es gibt keine Mutter. Und ich bin auch der Einzige, der Omi besucht.«

Jenny riss die Hand hoch. »Und ich. Wir stricken gerade eine riesige Decke!«

Charlotte schnitt das nächste Brötchen auf. »Sie ist ziemlich vergesslich geworden!«

»Sie denkt viel an dich. Manchmal erzählt sie Geschichten von früher.«

Der Hund kam schwanzwedelnd zu Finn, setzte sich und schaute ihn mit großen Augen an.

»Lenny, aus!«, schimpfte Charlotte. »Der will nur was zu essen. Als würde er hier nichts kriegen!«

Jennys Handy klingelte.

»Hi, Zora!« Jenny stand auf, ließ Mutter und Sohn alleine und schlenderte über den Hof. »Was gibt's?«

»Alles gut bei euch? Habt ihr Finns Mutter gefunden?«

Jenny schaute zum Tisch. Charlotte hielt Finns Hand über dem Tisch und redete. »Yep. Und sie hat sich sehr gefreut.«

»Super. Mann, war das ein Theater hier gestern. Tut mir echt leid, aber wir konnten nichts machen.«

»Mmmh, wird schon nicht so schlimm werden. Weißt du, Zora, es hat sich echt gelohnt.«

»Na ja, die Jungs sind natürlich voll sauer auf deinen Bruder. Der Idiot ist komplett in ihre Seifenkiste gedonnert, weil er sich die Augen mit schwarzem Tapeband zugeklebt hatte, um besonders gruselig auszusehen. War bestimmt auch seine Idee, zu uns zu kommen, Kleine erschrecken. Jetzt hat er sich auch noch so am Fuß verletzt, dass sie ihn nicht mal zwingen können, das Ding wieder zu reparieren.«

»Tja, müssen sie eben noch mal von vorne anfangen.«

»Sebi hatte die tolle Idee, dass sie doch mit unserer Kiste fahren könnten, weil es immerhin dein blöder Bruder war, der ihren Megaschlitten ruiniert hat.«

»Der tickt ja wohl nicht mehr ganz frisch. Auf keinen Fall, mit schönen Grüßen von mir.«

»Ja, Orhan war auch dagegen, wegen rosa und so.«

»Hör mal, mein Vater holt uns hier demnächst ab. Bin quasi schon unterwegs.«

»Super … und schöne Grüße von Jana!«

»Selber!«

Jenny ging zum Tisch zurück. »Stör ich?«

»Quatsch!«, sagten Finn und Charlotte im Chor.

»Irgendein Problem?«, wollte Finn wissen, aber Jenny winkte ab. Finn setzte den Doofhut auf und schaute seine Mutter an. »Warum bist du einfach weggegangen?«

Charlotte starrte vor sich hin, knetete ihre Hände und seufzte. »Egal, was ich jetzt sage, du wirst es nicht verstehen und nicht verzeihen und damit hast du auch recht.«

»Ich möchte es aber verstehen!«

»Damals habe ich keine andere Möglichkeit gesehen. Es war so eng, dein Vater hat mich auf Schritt und Tritt beobachtet, er hat mir keine Luft zum Atmen gelassen. Ich hatte Angst vor ihm. Deswegen ist mir nichts anderes eingefallen, als zu fliehen.«

Finn nickte langsam.

»Ich habe immer an euch gedacht, immer. Ihr habt mir so gefehlt.«

In diesem Moment fuhr mit lautem Getöse ein Traktor in den Hof. Darauf ein Mann und neben ihm ein kleines Mädchen, das Charlotte wild zuwinkte, vom Traktor sprang und mit einer Papiertüte auf sie zugelaufen kam.

»Mama, Mama!«

Finn erstarrte, Charlotte zog das Kind auf ihren Schoß und nahm ihm die Papiertüte ab. »Ihr habt ja schon angefangen! Papa und ich mussten doch noch Hörnchen kaufen!«

Der Mann kam langsam auf den Tisch zu und lächelte freundlich. »Besuch?«

Finn sprang auf. »Von wegen, immer an uns gedacht! Du hast uns sitzen gelassen und dir hier schön alles neu gemacht!«

»Finn!«

Er ließ Charlotte nicht zu Wort kommen, drehte sich um und rannte aus dem Hof. Charlotte, Jenny, der Mann und das Kind wechselten ratlose Blicke.

»Ich mach das, ja?«, sagte Jenny schließlich und ging ihm hinterher.

Finn saß draußen ans Haus gelehnt, die Arme um die Beine gewickelt, den Doofhut tief im Gesicht.

»Hey!«

»Geh weg!«

Jenny dachte gar nicht daran. »Ich lass dich doch jetzt nicht alleine.«

Sie setzte sich im Schneidersitz neben ihn und schaute ihn an. »Ich will nicht darüber reden!«, knurrte Finn, also hielt Jenny den Mund. Eine Minute, dann hielt sie es nicht mehr aus.

»Also, ich glaube …«

Da fuhr das große knallrote Auto ihres Vaters vor und bremste scharf. Jenny stand langsam auf. »Hi, Papa!«

Herr Elberfeld sprang aus dem Auto und verschränkte die Arme vor der Brust. »Einsteigen, bitte.«

Finn rappelte sich hoch, öffnete mit finsterem Blick die hintere Wagentür und verschwand ohne ein Wort im Auto. Tür zu.

»Was ist denn mit dem los? Also wirklich, als hätte ich nichts anderes zu tun, als durch die halbe Weltgeschichte zu gondeln, um meine Tochter irgendwo abzuholen. Da kann er ja wohl wenigstens mal Guten Tag sagen.«

Jenny nahm seine Hand und versuchte ihn irgendwie zu beruhigen.

»Äh, es ist nicht so gelaufen, wie er wollte. Finn hat gerade, glaube ich, so was wie einen kleinen Schock. Bitte, Papa, du kannst mich gerne total zusammenfalten, es ist okay und du hast recht, aber lass Finn in Ruhe. Warte, bis wir zu Hause sind. Geht das?«

Ihr Vater stülpte die Lippen nach vorne, wie immer, wenn er kurz nachdenken musste, dann öffnete er Jenny die Autotür und schlug sie hinter ihr zu. Das war so was wie eine Abmachung.

Schweigend fuhren sie los. Jenny drehte sich noch einmal um. Charlotte stand in der Toreinfahrt und schaute ihnen traurig nach.

Hier das ab und da das dran

Jenny schaute ihrem Finn hinterher, als er, die Hände tief in den Hosentaschen, in der Toreinfahrt von *Fröbes Bau* verschwand. Das war sein Zuhause. Nicht der Bauernhof, nicht bei seiner Mutter und ihrer neuen Familie. Jenny vergrub ihr Gesicht in den Händen. Nein, es war wirklich nicht gut gelaufen, gar nicht. Warum war diese Charlotte wie gelähmt gewesen? Warum war sie ihm nicht hinterhergerannt? Jenny stöhnte.

»Ist irgendwas?« Ihr Vater hatte gewendet und fuhr Richtung zu Hause.

Jenny starrte aus dem Fenster. »Seine Mutter hat einen neuen Mann und ein funkelnigelnagelneues Kind.«

»Damit hättet ihr rechnen müssen!«

»Hätten wir, aber es hätte ja auch einfach nicht sein können, oder?«

Nach einer Weile parkte Papa ein, öffnete Jenny die Tür

und schob sie zum Haus. Er wollte wohl ganz sichergehen, dass Jenny ihm nicht mehr entkam. Er hatte was zu sagen. Jenny folgte ihm ergeben ins Wohnzimmer. Amadi lümmelte vor dem Fernseher. Den einen Fuß verbunden und hochgelegt, schaute er irgendeinen Horrorstreifen an.

»Amadi, lass uns mal bitte allein!«

»Och nö, ist gerade so spannend.«

Papa schnappte sich die Fernbedienung, drückte auf Pause und schaute Amadi mit hochgezogenen Augenbrauen an. Murrend quälte der sich aus dem Sessel und humpelte an Jenny vorbei: »Das wird jetzt der wirkliche Horror, Schwesterherz!«

Jenny beachtete ihn gar nicht, verschränkte die Arme vor der Brust und schaute ihren Vater an, der aufgeregt im Zimmer hin- und herlief.

»So, und jetzt haben wir beide mal ein ernstes Wörtchen miteinander zu reden.« Er schnaubte. »Davon abgesehen, dass es unerhört ist, dass ein Mädchen in deinem Alter alleine mit dem Zug durch die Weltgeschichte fährt, davon abgesehen, dass du mit einem Jungen irgendwo übernachtest, davon abgesehen, dass ich am heiligen Sonntag Hunderte von Kilometer durch Deutschland fahren muss, um dich wieder einzusammeln, von all dem abgesehen ist das Allerschlimmste, dass du uns angelogen hast, dass wir nichts davon wussten.«

Jenny nickte.

»Mehr hast du dazu nicht zu sagen?«

»Du hättest es nicht erlaubt.«

»Richtig, und mit was?«

Jenny schaute ihn fragend an.

»Mit Recht.«

»Siehst du!«

Ihr Vater schenkte sich ein Glas Orangensaft ein, nur sich, nicht Jenny. »Vielleicht hätte es auch noch andere Möglichkeiten gegeben. Mir ist vollkommen verständlich, dass Finn seine Mutter sucht, und ich kenne dich gut genug, um zu wissen, dass diese ganze Idee auf deinem Mist gewachsen ist, aber ihr hättet mich einfach fragen können, dann hätte ich euch hingefahren. Jenny, weißt du, was da alles passieren kann!«

»Erstens ist nichts passiert und zweitens hättest du uns nicht gefahren. Am heiligen Sonntag!«

Ihr Vater zeigte mit dem Finger auf sie und wurde laut. »Werd bloß nicht noch frech!«

Jenny schüttelte den Kopf. Das lag nicht in ihrer Absicht. Trotzdem würde sie hier nicht schweigend stehen und das Donnerwetter über sich ergehen lassen. Jenny hatte was zu sagen, immer!

»Du lebst hier in ziemlich freier Luft, mein Fräulein. Wir vertrauen dir und deswegen funktioniert es. Wenn wir das allerdings nicht mehr können, weil du uns anlügst und uns ausnutzt, dann müssen wir andere Saiten aufziehen. Wenn deine Mutter heute Abend wiederkommt, werde ich natürlich mit ihr darüber sprechen.«

Jenny verzog das Gesicht. »Muss das sein? Können wir das nicht unter uns ausmachen?«

Ihr Vater schaute sie an und schüttelte den Kopf. »Glaub nicht! Ich bin echt ziemlich enttäuscht!«

Jenny merkte, wie ihr das im Herzen wehtat. Sie wollte nicht, dass ihr Vater enttäuscht war und wollte noch weniger, dass sich irgendetwas änderte.

»Es tut mir leid, Papa. Ich habe da wirklich nicht richtig drüber nachgedacht. Wir wollten ja auch Samstagabend zurück sein, aber der Zug steckte fest. Und dann war da noch Finns Vater, der alles verboten hat. Irgendwie dachten wir, wir erledigen das schnell, keiner merkt's und die Sache ist geritzt. Das war blöd. Wirklich.«

Ihr Vater ließ sich in den Sessel fallen, schnaubte und schüttelte den Kopf. »Echt, unglaublich!«

Dann sagte er nichts mehr. Jenny wartete ein bisschen, drehte sich um und ging zur Wohnungstür.

»Wo willst du hin?«

»Zu den anderen, zum Brachland.«

»Und woher weiß ich, dass du da hingehst und nicht wieder in irgendeinen Zug steigst, diesmal nach Pusemuckel oder Niemandsland? Nein, Jenny, heute bleibst du mal schön zu Hause!«

Jenny riss entsetzt die Augen auf. Das war doch wohl nicht sein Ernst! Hausarrest, so was gab es nicht bei den Elberfelds, nie.

»Papa, ich fahr nirgendwohin, nur zu den anderen. Mensch, Amadi hat die Kiste von den Jungs vollkommen zerstört und am Mittwoch ist das Rennen!«

Ihr Vater starrte sie an. »Vollkommen zerstört? Wirklich?«

»Totalschaden. Es sieht alles danach aus, als könnten sie gar nicht antreten. Das schaffen die nie bis Mittwoch!«

Herr Elberfeld sprang aus dem Sessel, zerrte seine Jacke vom Haken, den Werkzeugkoffer aus dem Garderobenschrank und Jenny hinter sich her. »Natürlich schaffen sie das. Wäre doch gelacht! Jenny, dein Vater ist stadtbekannt, was Seifenkisten betrifft. Komm, schnell!«

Sie kamen gerade richtig. Max, Sebi und Orhan saßen mit Jana und Zora um den zerborstenen Holzhaufen herum, der einmal ihre windschnittige Megakiste gewesen war und erklärten Finn, der gerade dazugekommen war, das Desaster.

»Der Körper ist nicht zu retten.«

»Frag mich nicht, wie der da reingedonnert ist, blöder geht's echt nicht mehr!«

»So ein Trampel!«

»Nanana, es war ja auch ziemlich dunkel!« Natürlich musste Herr Elberfeld seinen Sohn in Schutz nehmen.

Finn ging um ihr Wrack herum. »Also ich finde, wir lassen uns nicht entmutigen – und wenn wir Tag und Nacht arbeiten müssen. Dann machen wir eben die abgespeckte Variante, aber nicht antreten, das kommt nicht infrage, Jungs!«

Jenny schaute ihm zu. Er sah aus wie immer. Energisch, cool, normal eben. Keine Spur mehr von dem Schmerz, den er noch vor Stunden vor sich her getragen hatte. Und er hatte sie nicht begrüßt, kein Händedruck, nicht mal ein Blick.

»Richtig, mein Junge. Von der abgespeckten Variante abgesehen, bin ich genau deiner Meinung. Wir schaffen das, wenn ihr nichts dagegen habt, bin ich dabei und das wird die Seifenkiste des Jahrhunderts.«

Die Jungs rissen die Fäuste in die Luft und schrien: »Jöh!«

»War's schlimm?«, flüsterte Jana Jenny ins Ohr.

Die zuckte mit den Schultern. »Ging so. Aber jetzt hat er alles vergessen. Hauptsache, er kann da mithelfen!«

»Schlaue List!«

»Damit ihrs wisst!«

»Ham dich vermisst!«

Jennys Vater ging mit Kennermiene um das Autowrack herum und redete ununterbrochen. Hier das ab, da das dran, die und die Form, folgende Farbe, unbedingt noch das und damit es der volle Knüller wird, am Ende auch noch dies.

»Wie sieht's denn mit eurer Kiste aus, Mädels, können wir da auch noch was tun?« Er war in voller Fahrt, drängte die Mädchen auseinander, sah das leuchtend rosa Gefährt, an das Jana und Zora auch noch ein Windrad und eine alte Glocke montiert hatten, erstarrte und schüttelte den Kopf. »Okay, da können wir ja auch gleich noch mal ganz von vorne anfangen.«

Schon stürmte er drauflos, da stellte sich Jenny ihm in den Weg. »Halt, stopp, Schluss, Papa! Das ist wirklich sehr lieb von dir, aber unsere Kiste ist fertig und bleibt so. Wir werden siegen, also konzentrier dich bitte auf die Jungs, damit sie wenigstens Zweite werden!«

Schallendes Gelächter der versammelten Männerriege.

»Nun lasst euch doch helfen«, versuchte es der Vater noch einmal. »Ihr müsst euch doch nicht unbedingt blamieren!«

Die Mädels verschränkten synchron die Arme vor der Brust und schüttelten den Kopf. »Finger weg vom Siegerauto!«

Herr Elberfeld gab auf und stürzte sich wieder auf die Jungs. »Also, wir fahren jetzt in die Werkstatt meines Vaters. Da finden wir alles, was wir brauchen. Finn, du kommst mit und du und du«, er zeigte auf Max und Sebi,

»jede Hand, die schleppen kann, zählt. Und du baust das alte Ding auseinander, vielleicht können wir ja das eine oder andere Teil noch gebrauchen.« Orhan zog eine Flunsch. »Ich will aber auch lieber …!«

»Ich helfe dir!« Jana lächelte ihn an, Orhan wurde knallrot und wollte natürlich plötzlich nichts lieber, als genau das tun, was Jennys Vater angeordnet hatte.

Zora stieß Jenny kichernd in die Seite, aber die war mit Finn beschäftigt und konnte sich nicht wirklich über Jana und Orhan amüsieren. Ihr liebster Finn mit dem Doofhut dackelte soeben mit den anderen davon, ohne sie auch nur eines Blickes zu würdigen.

»Moment, bin gleich wieder da!« Jenny rannte hinter ihm her und hielt ihn am T-Shirt fest. »Finn?«

»Was?«

»Schau mich an!«

»Lass mich, ich muss da mit!«

»Schau mich an!«

Finn schaute ihr widerwillig in die Augen und gleich wieder weg.

»Was ist los? Hör mal, wenn irgendwas ist, dann sag mir das und tu nicht einfach so, als wäre ich Luft!«

Finn machte sich los. »Alles in Ordnung!« Er lief den anderen hinterher, aber Jenny ließ sich nicht so einfach abschütteln.

»Das stimmt doch nicht. Hey, wenn …!«

Finn blieb stehen. »Es ist alles in Ordnung, Jenny. Ich habe nichts mit dir zu besprechen. Wir bauen jetzt unsere Seifenkiste und dann fahren wir das Rennen und gewinnen hoffentlich das Geld. Okay?«

Jenny nickte leise, ließ ihn gehen und schaute dem davonfahrenden Auto nach.

»Habt ihr Zoff?« Zora hakte sich bei ihr ein.

»Anscheinend. Er gibt es aber nicht zu. Wie sein Vater. Bloß über nichts reden. Mist!« Jenny kickte einen Stein weg und bemerkte nicht, dass er ganz schwarz war, nur von einem dünnen weißen Streifen durchzogen und eigentlich unbedingt und hundertprozentig geeignet für ihre Steinesammlung.

»War es nicht so, wie ihr euch das gedacht habt? Irgendwas mit der Mutter, meine ich?«

Jenny nickte und während sie zu ihrer Kiste zurückgingen, eines der leckeren Sandwiches von Zoras Mutter aßen und Jana und Orhan beim Schöntun zusahen, erzählte sie ihr alles.

Zora

Armer Finn. Jetzt ist alles noch viel schlimmer als vorher. Vielleicht ist es doch besser, nicht allen Dingen auf den Grund zu gehen. Seiner Mutter geht es gut mit einer anderen Familie. Wenn ich mir das vorstelle, nein, das kann ich mir gar nicht vorstellen, ohne meine Mutter zu leben, und die ist auch noch froh darüber.

Sie hätte noch mal mit ihm reden sollen. Vielleicht irgendwie so, dass das eine mit dem anderen nichts zu tun hat. Ist doch vielleicht auch die Wahrheit. Ich meine, obwohl sie ein neues Kind hat, kann sie die alten doch auch lieben und vermissen. Bestimmt. Jenny hat gesagt, dass sie geweint hat. Man weint doch nicht einfach so. Aber jetzt ist es versaut. Armer Finn. Arme Jenny. Arme Mutter von Finn. So ist das jetzt. Alle sind arm, weil sie da hingefahren sind. Und weiter? Müssen wir sehen, wie wir da wieder rauskommen.

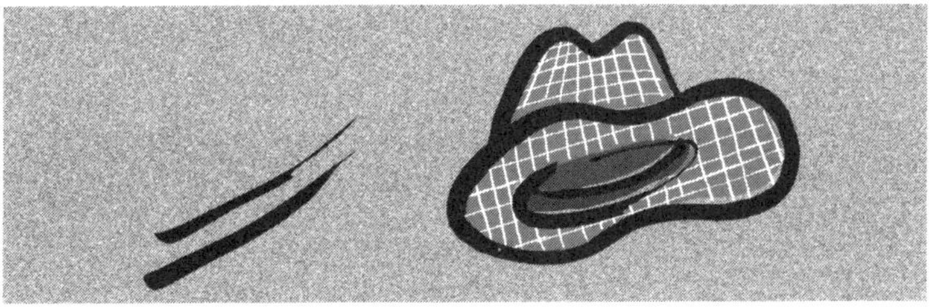

Achtung, fertig, los!

Ruck, zuck war es Mittwochmorgen, der Tag des großen Seifenkistenrennens. Sie trafen sich um neun Uhr auf dem Brachland. Die Jungs mit ihrem selbst ernannten Rennleiter und Manager Elberfeld, genannt Elbi, und die Mädchen für sich, erhobenen Hauptes und in kurzen Röckchen, ziemlich schick, wild entschlossen und zu allem bereit.

Um zehn sollte man sich am Startpunkt einfinden, Schubertstraße, Ecke Höherberg. Von dort aus führte eine kurvige Strecke durch die ganze Stadt, bergab bis zum Ziel am Jakobsplatz. Ein Probelauf und dann würde es losgehen, vor den Augen der versammelten Fähnchen schwingenden und jubelnden Bürger.

Jennys Vater hatte alles gegeben. Das Auto der Jungs sah tatsächlich aus wie ein Silberpfeil: schmal, windschnittig und mit in der Sonne funkelnden Silberplatten über dem Holzkörper. Stolz hoben sie es auf einen Handwagen und marschierten los.

»Fehlte gerade noch, dass sie irgend so ein bekloptes Siegerlied singen«, knurrte Jenny und steckte Blumen in das Rosamobil. In den letzten zwei Tagen hatte sich zwischen Finn und ihr nichts verändert. Jeder machte vor sich hin, Kontakt gleich null.

Die Mädchen hoben ihr Auto in den Bollerwagen und zogen los.

»Vielleicht wird alles wieder anders, wenn du gewinnst und ihm die 155 Euro unter die Nase hältst«, meinte Zora und legte ihren prall gefüllten Rucksack zur Seifenkiste.

»Wenn man nicht miteinander spricht, wird gar nichts besser«, seufzte Jenny. »Gestern war ich sogar bei Omi. Ich dachte, dass er ihr vielleicht irgendwas erzählt hat.«

»Und?«

»Na ja, kennst ja Omi. Die redet zwar wie ein Buch, aber man weiß nie, was stimmt und was nicht. Angeblich war er gar nicht bei ihr.«

»Könnte stimmen«, überlegte Zora. »Immerhin war sie ja immer so was wie der Draht zu seiner Mama. Den will er jetzt nicht mehr.«

Jenny seufzte. »Was haste denn da in dem Rucksack?«

»Geheimnis!« Zora drehte sich zu Jana um, die den Bollerwagen hinten schob und den ganzen Tag noch überhaupt nichts gesagt hatte. »Und du? Wie geht's mit Orhan?«

Jana zuckte mit den Schultern. »Weiß auch nicht. Jungs sind irgendwie komisch. Ich wollte Jenny eh schon fragen, du kennst dich ja besser aus!«

»Wie man sieht!«, murmelte Jenny. »Wieso, was ist passiert?«

»Ich hab ihm doch geholfen mit dem Auto am Sonntag. Und als wir die Bretter gestapelt haben, war er plötzlich ganz nah bei mir mit seinem Gesicht und da habe ich ihn geküsst.«

Jenny und Zora blieben ruckartig stehen und drehten sich zu Jana um.

»Du hast was?«

»Glaub ich das?«

»Ohne Spaß!«

Jana schaute die beiden verwundert an. »Also, das ist doch so, oder nicht? Wenn man verliebt ist, dann küsst man sich. Ich meine, sonst ist doch kein Unterschied, dann kann man ja gleich nicht verliebt sein.«

Jenny und Zora schauten sich an. Das war nun wirklich mal eine Überraschung. Die schüchterne, ängstliche Jana ging ran wie die Feuerwehr.

»Und? Was hat er gesagt?«

»Er hat mich angestarrt und dann ist er weggelaufen. Seitdem ist Funkstille, wie bei dir, Jenny. Versteht ihr das?

Ich meine, ist doch komisch, ihr habt doch auch gedacht, dass er in mich verliebt ist. Aber vielleicht habe ich mich getäuscht?«

Jenny zog wieder los, schließlich mussten sie die Jungs ja auch noch besiegen und nicht nur über sie reden.

»Kann sein, dass es ihm ein bisschen zu schnell ging. Was meinst du, Zora?«

»Vielleicht dürfen Türkenjungs sich zwar verlieben, aber küssen erst nach der Hochzeit oder so was.«

»Darf man denn mit 13 schon heiraten?«

»Jana!«, stöhnten Jenny und Zora im Chor und Jana grinste.

»Auf jeden Fall kann man eins feststellen: Wir sind ziemlich ratlos, was die Jungs betrifft, also bleibt uns nichts anderes übrig, als sie zu besiegen«, stellte Jenny fest und Jana und Zora waren wie meistens komplett ihrer Meinung.

Als sie am Startpunkt ankamen, standen alle anderen Teilnehmer um das Auto der Jungs herum und staunten.

»Superding!«

»Echt profimäßig!«

»Da habt ihr ja wohl Monate dran gearbeitet.«

Als die Mädchen ihr Rosamobil an den Start schoben, trat Stille ein, die sich dann ziemlich schnell in Kichern und Prusten auflöste. Die versammelten Jungs konnten kaum an sich halten und Jenny stellte mit finsterer Siegermiene fest, dass sie die einzigen teilnehmenden Mädchen waren und sich seit Charlotte damals nichts verändert hatte. Entweder hatten Mädchen zu so was keine Lust oder wollten nicht zum Gespött der Jungs werden. Sie ließ alles an sich abgleiten und stellte das Rosamobil an die Startlinie.

»Was ist jetzt? Wollen wir kichern oder fahren?«

Die Jungs beruhigten sich und stellten ihre Kisten in Position. Ein Typ mit Käppi, Stoppuhr und Startpistole nahm das Heft in die Hand.

»Hey, das ist doch der graue Mann aus der Stadtverwaltung!«, stellte Jana fest. »Der hat sich aber verändert!«

Er kletterte auf ein kleines Podest und klatschte in die Hände. »So, Herrschaften, darf ich dann mal um die werte Aufmerksamkeit bitten!«

Alle hörten auf zu reden, einige machten Kniebeugen und Dehnübungen und Finn schob seinen Doofhut aus dem Gesicht. »Die Fahrer und natürlich die Fahrerin …« Er grinste. »… steigen jetzt bitte ein. Wir machen einen Probedurchlauf, damit ihr euch die Strecke einprägen könnt. Danach haben wir noch eine halbe Stunde, dann geht es los. Wichtig ist: Erst starten, wenn ich geschossen habe. Bei einem Fehlstart müssen wir wiederholen, wer zweimal einen hinlegt, scheidet aus.«

Die Jungs und Elbi legten die Arme umeinander und

wünschten sich Glück. Dann stieg Finn in den silbernen Flitzer, grimmig und wild entschlossen. Jenny zwinkerte Jana und Zora zu und kletterte in das Rosamobil. Die Zwillinge zogen die Nase links hoch vor lauter Aufregung.

»Die anderen Teammitglieder begeben sich bitte ans Ziel, um ihre Fahrer unten zu erwarten. Ihr könnt auch an der Strecke entlang mitlaufen, bleibt aber bitte immer hinter der Absperrung!«

Jana und Zora klopften Jenny links und rechts auf die Schulter und machten sich auf den Weg. »Zeig's ihnen!«

Jenny war bereit. Zwischen ihr und Finn stand noch ein anderes Auto. Sie beugte sich vor, um ihn sehen zu können.

»Finn!«

Er drehte sich zu ihr.

»Denk dran: Wir werden siegen!«

Da konnte Finn wohl nicht anders und lächelte sie an.

»Aufgepasst, Startschuss zum Probelauf! Auf die Plätze, fertig, los!«

Die Seifenkisten rumpelten los die abschüssige Straße hinunter, vorbei an den rennenden, schreienden Teammitgliedern. Jenny hatte dem Rosamobil mit den Füßen noch einen Anschubs verpasst, dann zog sie sie hoch und gab volle Fahrt. Es holterte und polterte und nahm immer mehr Geschwindigkeit auf. Jenny legte sich in die harten Kurven, die Lenkung funktionierte einwandfrei und sie schickte ein lobendes Dankeschön an Zora, die alles perfekt ausgerechnet und zusammengebaut hatte.

Finn schoss an ihr vorbei. Der Silberpfeil machte seinem Namen alle Ehre. Er lag ruhig auf den Gummireifen und raste lautlos den steilen Berg hinunter. Jenny beugte sich vor und half noch einmal mit den Füßen nach. Sie musste schneller werden. Tatsächlich drehte sich der Silberpfeil in einer Kurve zur Seite. Finn war zu schnell gewesen und musste ihn erst wieder in Position bringen. Jenny rumpelte an ihm vorbei und zeigte ihm zwei Finger: Sieg!

Natürlich wusste sie, dass Finn sich darüber maßlos ärgern würde, und es dauerte nicht lange, da brauste er in voller Fahrt und komplett ungebremst an ihr vorbei, kriegte die nächste Kurve nicht, raste den Bürgersteig hoch durch die Absperrung und donnerte vor eine Hausmauer. Jenny bremste sofort, brachte das Rosamobil zum Stehen, sprang raus und rannte zu Finn.

Er saß vollkommen bewegungslos im komplett ramponierten Silberpfeil. Ein Rad war abgefallen, das andere drehte sich nach oben gebogen in der Luft. Die spitze Schnauze gab ein schauerlich zusammengeknautschtes Bild ab und der Lenker war nicht mehr da, einfach irgendwo hingeflogen.

»Finn, alles gut?« Finn rührte sich nicht. Jenny packte ihn an der Schulter und schüttelte ihn. »Finn, bist du verletzt?«

Da kam endlich Leben in ihn. Unsanft stieß er Jennys Hand weg. »Lass mich in Ruhe. Das ist alles nur deine Schuld.«

Er riss sich das Lederband mit dem Smaragd vom Hals, das Jenny ihm in Schrobsdorf gegeben hatte, schleuderte es ihr vor die Füße und merkte nicht einmal, dass jetzt auch sein Team und Jana und Zora eintrafen.

»Warum sind wir da hin? Warum habe ich bloß auf dich gehört? Kein Wunder, dass ich hier vor die Wand fahre. Jenny, warum hast du mir das angetan? Was soll ich denn jetzt machen?«, schrie er und die Tränen liefen ihm die Wangen hinunter.

Jenny war blass geworden. Sie starrte ihren weinenden Finn an und seine Stimme kam irgendwie von ganz weit weg. Natürlich hörte sie, was er sagte, und jedes Wort traf sie wie ein Messerstich. Die anderen hatten sich ein bisschen zurückgezogen. Das war ein Ding zwischen Finn und Jenny.

Langsam bückte sie sich, hob ihren Smaragd auf und ließ Finn dabei nicht aus den Augen. Er starrte sie an wie der Stier das rote Tuch.

»Wie soll ich jetzt damit leben, keine Mutter zu haben, wie?«

»Finn, hast du dir wehgetan?« Wie aus dem Nichts stand auf einmal Charlotte da, beugte sich zu ihrem Sohn und strich ihm die Haare aus der Stirn.

Eben kurz 155,55 Euro

Alles war wie in Zeitlupe. Als wäre es ein Film und nicht wirklich wahr. Jenny schaute zu und versuchte das taube Gefühl aus den Ohren zu kriegen.

Wie Finn aus dem Auto stieg und seiner Mutter in die Arme fiel. Wie sich die anderen um den schrottreifen Silberpfeil kümmerten, aber selbst ihr Vater den Kopf schütteln musste. Dieses Auto war bis zum Start nicht mehr zu retten.

Wie Jana ihr mit der Hand vor dem Gesicht herumwedelte und Zora schließlich ihren Rucksack aufmachte und einen knallpinken Fahrradhelm auspackte, auf dem JENNY stand. Da machte es plopp. Jenny konnte wieder hören.

»Jetzt hängt alles von dir ab. Du musst gewinnen!«, sagte Zora und überreichte ihr feierlich den Helm. Auch die Jungs und ihr Vater versammelten sich um sie, außer

Finn, der mit seiner Mutter abseitsstand und das Gefühl genoss, eine zu haben.

»Du schaffst das!«

»Wir zählen auf dich!«

»Jenny vor!«

Auf einmal war das Rosamobil das Größte, keiner der Jungs lachte mehr darüber.

»Wir müssen sie ordentlich anfeuern«, sagte Jana zu Orhan, aber der tat so, als hätte er nichts gehört und schraubte an irgendeiner Schraube an der Seifenkiste herum, die eigentlich gar nicht locker war.

»Die Teilnehmer am 37. Seifenkistenrennen bitte an den Start!«, schallte es aus den Lautsprechern. An der Absperrung hatten sich mittlerweile jede Menge Zuschauer versammelt.

»Jenny!«, brüllte ein grünes Schleimmonster. Selbst Amadi hatte es sich nicht nehmen lassen, seine bekloppte Schwester anzufeuern.

»Jawohl, Jenny!« Das war Mama. Normalerweise ging sie nicht gerne auf solche Massenveranstaltungen, aber heute war das natürlich etwas ganz anderes. Elbi eilte sofort zu ihr, um von dem Desaster zu berichten, das auf der anderen Seite auch wieder keins war, denn Finn hatte seine Mutter gefunden. Endgültig!

»Dir den Gewinn!«, sagte Jana.

»Ja, das macht Sinn!« Zora.

»Hm, mir fehlt Finn!«

In diesem Moment kam er zu ihr. Er schaute Jenny wieder in die Augen, sein Gesicht war weich und leuchtete warm. Vorsichtig nahm er ihre Hand. »Tut mir leid wegen vorhin und überhaupt. Es hat … es hat einfach so wehgetan und ich …!«

Jenny drückte seine Hand. »Schon gut. Was hältst du davon, wenn ich dir jetzt mal eben kurz das Geld besorge?«

Finn nickte und setzte ihr den Doofhut auf den Kopf. Jenny stülpte den Helm darüber, alle rissen die Fäuste in die Luft, schrien: »Jenny!«

Dann schoben sie zusammen das Rosamobil an den Start und nahmen ihre Plätze in Zielnähe ein.

Jenny bestieg ihr Fahrzeug, schaute nicht nach links und nicht nach rechts, konzentrierte sich nur noch auf das, was sie wollte. Gewinnen! Es war der gefürchtete, gefährliche Jenny-Tunnelblick, der Blick, gegen den nichts und niemand eine Chance hatte.

»Achtung, fertig, los!«

Jenny stieß das Rosamobil ab, zog die Füße ein und fuhr. Sie hörte weder die Jubelschreie, noch sah sie, ob jemand sie überholte oder nicht. Das war alles nicht wichtig, es ging nur darum, die Schnellste zu sein. Sie rumpelte in die Kurven, bretterte übers Pflaster, ein Wunder, dass sie nicht abhob.

Erst als sie die Ziellinie überfahren hatte, schaute sie hoch, sah ihre Eltern, ihre Freunde, unter anderem Jana und Orhan, die sich in den Armen lagen, Charlotte und Finn und alle hüpften und sprangen mit hochgerissenen Armen und schrien sich die Seele aus dem Leib: »Sieg! Hurra, Jenny hat gewonnen!«

Da sprang sie aus dem Auto, schleuderte ihren Helm in die Menge und rannte zu ihnen. Alle fielen sich in die Arme und jubelten und tobten. Und Jenny war die Größte.

»Die Sieger des 37. Seifenkistenrennens bitte auf das Siegerpodest!«

Jenny raste wie der Silberpfeil persönlich auf die Nummer eins.

»Zum ersten Mal in der Geschichte unseres Seifenkistenrennens haben wir eine Gewinnerin. Applaus bitte für Jenny Elberfeld!«

Die Zuschauer jubelten und Jenny bekam eine Goldmedaille und den Umschlag mit dem Geld. Als die mürrischen Zweiten und Dritten geehrt worden waren, sprang sie von ihrem Podest und überreichte Finn den Umschlag. »Das hätten wir geschafft!«

Finn schaute ihr tief in die Augen. »Warum? Warum schaffst du immer alles?«

»Weil Mädchen schneller sind. Das weißt du doch, Finn!«

»Und wieso bekommt Finn jetzt das Geld?«, fragte Charlotte und Jenny grinste: »Es handelt sich um einen Fall von großer Zuneigung!«

Und dann bekam sie tatsächlich einen Kuss.

Jenny und Finn

»Es ist ziemlich schön, eine Mutter zu haben!«

»Sag ich doch!«

»Hätte aber auch anders ausgehen können, gib's zu.«

»Hätte, ist aber nicht! Wann seht ihr euch wieder?«

»Wir besuchen uns jetzt immer hin und her, also immer, wenn Zeit ist.«

»Und dein Vater?«

»Ich hab's ihm erzählt. Natürlich war er nicht begeistert, aber er weiß auch, dass es keinen Sinn hat, weiter so zu tun, als hätte es sie nie gegeben. Und meine Brüder wollen sie jetzt auch mal kennenlernen. Nicht so ganz einfach für ihn.«

»Weißt du was, Doofhut?«

»Hm?«

»Er wird sich dran gewöhnen. Was sagst du eigentlich zu Jana und Orhan? Mit denen kann man kein vernünftiges Wort mehr reden, weil sie sich ununterbrochen küssen.«

»Tja, finde ich auch ein bisschen viel!«

»Stimmt.«

»Echt.«

»Aber einen Kuss könntest du mir auch mal wieder geben. So wie nach dem Rennen.«

»Ha, der Feige hat ganz schön geguckt, als ich ihm die Scheine auf den Tisch geblättert habe. Damit hat er nicht gerechnet!«

»Super. Und was ist jetzt mit dem Kuss?«

»Kuss?«

»Küss mich, Mann!«

»O. k. Aber nur noch ein Mal.«

»Höchstens, Doofhut!«

»Allerhöchstens, Rennsemmel!«

Mehr von Brinx/Kömmerling im Thienemann-Verlag:
Alles Machos – außer Tim
Alles Hühner – außer Ruby
Ein Paul zum Küssen
A Paul to Kiss
Stadt, Land, Liebe
Country Boys, Country Love
E-Mail mit Kuss
Küssen nicht vergessen
Verküss dich nicht
Eins, zwei, wachgeküsst
Jenny – Mädchen sind besser
Sommersprossen-Kussgewitter

Brinx, Thomas/Kömmerling, Anja:
Jenny – Mädchen sind schneller
ISBN 978 3 522 18091 7

Einband- und Innenillustrationen: Carola Holland
Einbandtypografie: Michael Kimmerle
Innentypografie: Bettina Wahl
Schrift: Giovanni Book
Satz: KCS GmbH, Buchholz/Hamburg
Reproduktion: immedia 23, Stuttgart
Druck und Bindung: Friedrich Pustet, Regensburg

5 4 3 2 1° 08 09 10 11

www.thienemann.de
www.brinx-koemmerling.de

Leseprobe aus:

Brinx/Kömmerling

Jenny

Mädchen sind besser

Paff. Jenny explodierte. Ein Wasserkessel, dem der Stöpsel von der Tülle flog. »Wer hat euch eigentlich unter den Hut gemacht!«, schrie sie und zog sich an dem einzigen Ast hoch, der für sie zu erreichen war.

»Lass es, Jenny, die wollen dich doch nur provozieren!«, versuchte Jana sie abzuhalten. »Der Baum ist zu hoch!«

»Lass sie, Jenny macht das schon!«, widersprach Zora.

»Aber es ist total gefährlich!«, wandte Jana ein.

Auch Geige und Flöte mussten sich natürlich einmischen.

»Du darfst da nicht hochklettern!«, rief die eine hysterisch nach oben.

»Hast du nicht gehört, was Frau Kings gesagt hat?«, die andere.

Jenny stellte sich taub. Egal wer was sagte. Jetzt gab es kein Zurück mehr. Sie hörte, wie sich unter ihr zwei Gruppen bildeten – eine für sie, eine gegen sie –, und hangelte sich auf den nächsten Ast. Von wegen nicht mal auf den ersten! Pah, denen würde sie es zeigen! Sie musste sich beeilen, damit Kingsi es nicht merkte. Sonst gab es Ärger. Dritter Ast. Und vor allem nicht runtergucken. Nur nicht runtergucken.

Am Anfang ging es noch ziemlich gut. Die Äste standen dicht übereinander und Jenny war noch nicht allzu weit vom Boden entfernt. Klettern war eigentlich nicht ihr Ding. Sie konnte Gitarre spielen und gut tanzen, Ideen haben und alles anders machen, als die Erwachsenen es wollten. Aber klettern? Nein, darin war sie ziemlich ungeübt. Was hätte sie jedoch anderes tun sollen? Das konnte sie nicht auf sich sitzen lassen. Sie nicht und alle Mädchen dieser Welt auch nicht. Vielleicht war Finn schon öfter auf einen Baum hoch, schließlich kletterten Jungs dauernd, wenn sie nicht gerade Stöcke suchten und so taten, als würden sie sich damit abknallen. Allerdings hieß das noch lange nicht, dass Mädchen das nicht konnten. Und zwar ohne Übung.

Sie schaute nach oben. Die Katze hatte aufgehört zu miauen und guckte ihr mit knallgrünen Augen gespannt entgegen.

»Ich hole dich!«, ächzte Jenny und hielt nach dem

nächsten Ast Ausschau. Er sah längst nicht so stabil aus wie die anderen und war zudem ziemlich weit weg.

»Ende im Gelände?«, trällerte Finn.

»Abwarten!«, schrie Jenny nach unten. Das hätte sie besser nicht getan, denn jetzt sah sie, wie hoch sie schon war. Sofort wurde ihr schwindlig und ihr Herz begann wie wild zu rasen.

Was machte sie eigentlich hier oben? Warum wartete sie nicht gemütlich auf Hilfe wie alle anderen? Jenny umklammerte instinktiv den Lapispopapis, atmete tief ein und aus und versuchte sich wieder zu beruhigen. Egal, jetzt war sie hier und jetzt musste sie auch weiter. Als sie sich wieder einigermaßen im Griff hatte, holte sie Schwung, bekam den nächsten Ast zu fassen und zog sich hoch.

»Jenny, Jenny!«, feuerten Zora, Jana und einige andere Mädchen sie an und kämpften wie sie für ihr Geschlecht und gegen platte Jungssprüche.

Grimmig stützte sich Jenny mit den Füßen ab und kletterte noch eins höher. Von wegen Ende im Gelände! Jetzt ging es erst richtig los. Sie klammerte sich an den nächsten Ast, wollte sich gerade daran hochziehen, da hörte sie erst ein lautes *Knack*, dann brach der Ast durch. Jenny stürzte. Jana und Zora schrien auf und Jenny erinnerte sich plötzlich daran, dass sie irgendwo davon gelesen hatte, was kurz vor dem Tod passiert: Man sieht die wichtigsten Stationen seines bisherigen Lebens noch einmal. Wie einen Film: Jenny, wie sie ihre Faust in den Möhrchenbrei donnert, Ernie, wie er Bert einen Keks klaut, Amadi und Jenny beim Schrumpelzehenwettbewerb in der Wanne, Papa, wie er aufs Eis knallt, Finn Doofhut grinsend …

Halt, stopp! Wenn das die wichtigsten Szenen ihres Lebens gewesen sein sollten, dann konnte das noch nicht das Ende sein. Und tatsächlich bekam Jenny nun einen Ast zu fassen und fing sich ab.

Aufstöhnen in der Menge unten.

Nur Jennys Füße fanden keinen Halt. Verzweifelt versuchte sie ihre Beine um den Stamm zu wickeln, aber der war viel zu dick. So stützte sie sich, so gut es ging, mit den Füßen ab, damit nicht ihr ganzes Gewicht an ihren Armen hing. »Hilfe, holt Hilfe!«, keuchte Jenny nach unten und musste noch eine ganze Weile durchhalten, bis endlich das erlösende Tatütata der Feuerwehr erklang, die der Waldaufseher eigentlich wegen der kleinen Katze verständigt hatte.

Es waren die schlimmsten Minuten ihres Lebens. Nicht wegen der Anstrengung und der Angst, herunterzufallen, nein, wegen der Blamage, dass sie es nicht geschafft hatte und hilflos im Baum zappelte wie ein abgestürzter Fallschirmspringer.

Während eine lange Leiter ausgefahren wurde und ein

Feuerwehrmann Jenny oben abholte, grinste Finn unten vor sich hin. Frau Kings' Gesicht zeigte Gewitter an und Jana und Zora erwarteten sehnsüchtig ihre Freundin. Sobald die zurück auf der Erde war, fielen sie ihr um den Hals, als wäre sie soeben von den Toten auferstanden. Nebenbei kam auch noch das Kätzchen mit und wich nicht mehr von Jennys Seite.

»So, und jetzt ist ein für alle Mal Schluss, Jenny! Wenn ich sage, dass keiner auf den Baum klettert, dann klettert da auch keiner hoch. Du brauchst nicht zu glauben, dass du immer eine Extrawurst fahren kannst. Wie hätte ich das denn deinen Eltern beibringen sollen, wenn du runtergefallen wärst?«

Jenny dachte nur, dass sie sofort aufhören sollte, ihr hier vor diesem Doofhut eine Szene zu machen. Das war doch schon alles peinlich genug. »Können wir das nicht im Bus besprechen?«, knirschte sie zwischen den Zähnen hindurch.

Aber Frau Kings war in Fahrt und nicht zu stoppen. »Können wir nicht und deine Extrawurst, die kriegst du jetzt: Tafeldienst – das ganze restliche Schuljahr!«

Jenny stöhnte, während sich die anderen wahrscheinlich heimlich freuten, weil sie den Quatsch nicht mehr machen mussten. Und Finn sowieso. Weil er recht behalten hatte.

»Wir helfen dir«, flüsterte Jana Jenny zu.

Frau Kings zeigte sofort mit dem Finger auf sie. »Tut ihr nicht. Und jetzt ab in den Bus. Der Ausflug ist beendet!«

Der Feuerwehrmann lüpfte seinen Helm Richtung Jenny. Er hieß Stefan und war das einzige männliche Wesen, das auf ihrer Seite stand.

Jenny kriegte jedoch gerade kein Abschiedslächeln zustande.

Die Klassen teilten sich, marschierten nebeneinanderher zu den Bussen und waren ziemlich still. Vorneweg stapften hoch erhobenen Hauptes Janina Kings und Marc Feige. Jenny stieg als Letzte ein und warf noch einen kurzen Blick zu Finn rüber.

Der zuckte mit den Schultern. *Mädchen sollten eben nicht versuchen, wie Jungs zu sein!*, schien das zu bedeuten.

Jenny starrte ihn finster an, nahm das Kätzchen mit und stieg in den Bus. »Du bleibst bei mir!«, flüsterte sie dem Schnurri ins Ohr. »Und dein Name sei Rache!«